LE
ROBINSON SUISSE,

OU

JOURNAL

D'UN PÈRE DE FAMILLE NAUFRAGÉ
AVEC SES ENFANS;

CONTINUÉ PAR MADAME ISABELLE,

BARONNE DE MONTOLIEU.

TOME TROISIÈME.

A PARIS,

CHEZ ARTHUS BERTRAND, LIBRAIRE,

RUE HAUTEFEUILLE, Nº 23.

1824.

LE

ROBINSON SUISSE,

CONTINUÉ PAR MADAME ISABELLE,

BARONNE DE MONTOLIEU.

TOME III.

PARIS, IMPRIMERIE DE LEBEL,

Imprimeur du Roi, rue d'Erfurth, n° 1.

LE
ROBINSON SUISSE,

OU

JOURNAL

D'UN PÈRE DE FAMILLE NAUFRAGÉ
AVEC SES ENFANS;

CONTINUÉ PAR MADAME ISABELLE,

BARONNE DE MONTOLIEU.

J'ai séjourné dans une île déserte et délicieuse, image de l'antique beauté de la nature, et qui semble être confinée au bout du
monde, pour servir d'asile à l'innocence.

J.-J. ROUSSEAU, *Nouvelle Héloïse.*

TOME TROISIÈME.

A PARIS,

CHEZ ARTHUS BERTRAND, LIBRAIRE,

RUE HAUTEFEUILLE, Nº 23.

1824.

LE

ROBINSON SUISSE.

CHAPITRE LV.

Cérémonie et victoire.

Après avoir parcouru quelque temps une plage déserte, sablonneuse, sans rencontrer aucun être vivant, nous parvînmes dans un bois assez touffu formé de différentes espèces d'arbres ; là nous perdîmes les traces des pas humains que nous observions avec soin. Nous étions obligés de marcher au hasard sans tenir de route assurée, et souvent forcés par l'épaisseur des lianes à faire de grands détours. Les bois étaient peuplés d'oiseaux charmans par leur beau plumage. Des perroquets aux couleurs brillantes et extrêmement variées, le bel arras rouge, d'autres d'un

blanc éclatant, la charmante mésange au collier bleu, animaient ces profondes retraites ;
mais nous étions trop occupés de notre but
pour y faire attention, et la rencontre d'un sauvage nous eût bien autrement intéressés. Après
avoir erré long-temps et paisiblement sous
ces voûtes épaisses de verdure, nous en sor-
tîmes, et nous vîmes devant nous une plage
sablonneuse au bord de la mer ; là nous
retrouvâmes les traces humaines que nous
avions perdues, assez nombreuses et se croi-
sant en tous sens. Pendant que nous les
observions, nous vîmes passer rapidement
un grand canot rempli d'insulaires, et, cette
fois, je crus, malgré la distance, reconnaître
celui qu'ils nous avaient enlevé, et que nous
avions fabriqué. Fritz voulait le suivre à la nage, et commençait à se déshabiller; je ne pus
l'arrêter qu'en lui jurant que je m'y jetterais
aussi, et que j'étais décidé à ne pas le quitter,
à ne point me séparer de lui. Je souffrais déjà

assez d'avoir laissé Ernest seul ; je proposai même à mon fils aîné de retourner plutôt sur nos pas pour le rejoindre. J'avais l'idée que les sauvages s'arrêteraient à la place où nous avions débarqué, pour y reprendre la pirogue qu'ils y avaient laissée ; que nous pourrions alors, à l'aide de l'idiôme qu'Ernest avait appris, nous faire comprendre, et savoir ce qu'ils avaient fait de ma femme et de mes deux enfans. Fritz approuva cette idée, tout en m'assurant qu'il serait plus facile et surtout plus prompt de les rejoindre à la nage.

Nous allions tâcher de retrouver notre chemin, lorsque, à notre grande surprise, nous vîmes à cent pas de distance un homme vêtu d'un long habit noir, qui s'avançait vers nous, et que nous reconnûmes d'abord pour un Européen. « Oh ! mon fils, m'écriai-je, ou je suis bien trompé, ou c'est un missionnaire, un digne et vertueux serviteur de Dieu, venu dans ces contrées pour le faire connaître aux

malheureux idolâtres ; c'est le ciel qui nous
l'envoie, allons au-devant de lui. » Nous le joi-
gnîmes bientôt. Je ne m'étais pas trompé ; c'é-
tait un de ces Chrétiens zélés et courageux qui
consacrent leur vie et leurs forces à l'instruction et au salut éternel d'hommes nés sous
un autre hémisphère, d'une autre couleur,
non civilisés, mais qui n'en sont pas moins
nos frères. J'avais quitté l'Europe dans le
même but ; la Providence, en me jetant avec
ma famille dans une île déserte, en avait ordonné autrement ; mais je retrouvais avec
transport un de mes frères en J.-C., et sans
pouvoir parler, tant j'étais ému ; je me jetai
dans ses bras. L'homme de Dieu me serra
contre sa poitrine, puis il me parla en anglais. Heureusement j'avais appris cette langue dans ma jeunesse, et je me la rappelais
assez pour la comprendre et la parler, m'en
étant servi dans mes entretiens avec mes fils,
à qui je l'avais enseignée. Mais qui pourrait

exprimer le sentiment de bonheur qui péné-
tra mon âme entière lorsque j'entendis ces
paroles sortir de sa bouche ! il me semblait
entendre la voix de l'ange annonçant à Abra-
ham que son fils lui était rendu.

« C'est vous que je cherchais, me dit-il
avec une expression de bienveillance et de
sensibilité, mais avec calme, et je bénis le
ciel de vous avoir rencontré. Ce jeune homme
est votre fils aîné, je pense; il se nomme Fritz;
et votre second fils, Ernest, où l'avez-vous
laissé ?

— Dieu ! mon père ! s'écria Fritz en lui
saisissant les deux mains, vous avez vu mon
frère Jack ! ma mère peut-être ! vous savez où
ils sont... Oh ! vivent-ils encore ?

— Oui, mon fils, dit le missionnaire, ils vi-
vent, et ils sont en bon lieu; venez, je vous y
conduirai. »

Il fallut en effet me conduire; j'avais été

tellement saisi par l'excès de la joie, que je
fus sur le point de perdre connaissance; le
bon missionnaire avait sur lui un flacon de
sel de vinaigre, dont il me fit respirer, puis,
passant mon bras sous le sien, il m'aida à
marcher; je m'appuyais aussi sur mon fils.
Mes premières paroles, dès que j'eus repris
l'usage de mes sens, furent un élan de pieuse
reconnaissance pour l'Etre-suprême qui me
rendait à la fois tous ces objets chéris et tant
regrettés. « Quoi! dis-je à celui qui venait de
m'en donner l'espoir, serait-il possible! ma
femme, mes fils, je les retrouverai? »

Le Missionnaire. Bientôt, bientôt, mon
frère; encore une heure de marche, et votre
femme et vos enfans seront dans vos bras!

—Non, non, m'écriai-je, non pas aussitôt:
pourrais-je me présenter devant mon Elisabeth sans lui ramener ses deux fils? Pourrais-
je mériter le bonheur de retrouver ceux que

j'ai perdus, si je laissais mon Ernest exposé seul à la fureur des sauvages ? Fritz, pourrais-tu jouir de quelque bonheur, si tu ne le partageais pas avec ton frère ? Différons-le nôtre de quelques heures pour le rendre plus complet; allons chercher Ernest. » Le bon père sourit d'un air d'approbation : « Je m'attendais à ce retard, me dit-il, votre Ernest ne devait pas être oublié, et il ne l'est pas de sa bonne mère. Où l'avez-vous laissé ? »

Je lui racontai notre arrivée dans cette île, et la raison qui nous avait fait laisser Ernest à la garde de la pinasse qui était notre seul moyen de retour, et le passage du canot qui nous avait été enlevé, et notre résolution prise au moment où nous l'avions aperçu, de retourner auprès d'Ernest pour le secourir s'il en était besoin, et tâcher d'obtenir quelques lumières des sauvages que nous y trouverions sans doute.

« C'est fort bien, me dit-il ; mais comment
vous seriez-vous entendus ? savez-vous leur
langue ?

Le Père. Mon fils Ernest a étudié le voca-
bulaire des îles de la mer du Sud.

Le Missionnaire. Celui d'Otaïti , sans
doute, ou de l'île des Amis ? l'idiôme de cette
contrée en diffère beaucoup ; mais, depuis
plus d'un an que je l'habite, je me suis étudié
à l'apprendre, et je pourrai vous être utile ;
partons. De quel côté êtes-vous arrivés ?

Le Père. Au milieu de cette épaisse forêt,
où nous avons long-temps erré, et je crains
de ne pas reconnaître notre route.

Le Missionnaire. Vous auriez dû prendre
la précaution de faire des entailles aux arbres
devant lesquels vous passiez ; sans cela je me
serais souvent égaré et même perdu ; mais
nous retrouverons les miennes, elles nous.

mèneront au bord du ruisseau, et en le suivant nous n'avons plus de risques à courir.

Fritz. Nous n'avons point vu de ruisseau.

Le Missionnaire. Il en existe un d'une eau excellente, qui traverse cette forêt et se jette dans la mer, vous l'avez manqué; en le côtoyant toujours vous seriez arrivés à la cabane où logent vos bien - aimés, il coule au devant. » Fritz se frappa le front de dépit. « Dieu fait toujours tout pour le mieux, dis-je au bon père, nous ne vous aurions pas rencontré, nous aurions été sans Ernest, vous auriez pu nous chercher tout le jour inutilement. Oh mon père ! c'est sous vos saints auspices que notre heureuse famille doit se trouver réunie, et notre bonheur en sera doublé. A présent daignez me dire....

— Avant tout, interrompit Fritz, dites-moi de grâce comment se porte Jack ? il était blessé, et......

LE MISSIONNAIRE. Soyez tranquille, jeune homme ; cette blessure, qu'il doit, dit-il, à son étourderie, n'aura pas de suites fâcheuses ; les sauvages y avaient appliqué des herbes très-salutaires pour les blessures ordinaires, mais il y avait une petite balle qu'il a fallu extraire ; je m'entends un peu en chirurgie, et j'y ai réussi hier au soir. Depuis il souffre moins ; il est si bien soigné, qu'il guérira bientôt quand il n'aura plus d'inquiétude sur vous. »

Fritz embrassa d'abord le bon missionnaire, et moi ensuite : « Vous m'aviez pardonné, me dit-il ; à présent seulement je me pardonne à moi-même. Mon jeune frère vous a donc parlé de nous, monsieur ? dit-il au missionnaire.

LE MISSIONNAIRE. Oui sans doute ; mais je vous connaissais déjà tous, votre mère pouvait elle parler d'autre chose que de son mari et de ses enfans? Quelles furent en même temps sa joie et sa douleur quand ses amis les sauvages lui amenèrent hier au soir son cher Jack blessé! Heureusement j'étais dans la cabane, je pus la soutenir et soulager son fils bien-aimé.

— Et mon cher petit François, m'écriai-je, comme il a dû être content quand il a retrouvé son frère!

LE MISSIONNAIRE. François, dit-il en souriant, sera votre protecteur à tous; c'est à présent l'idole des sauvages, et celle-là ne nuira pas à leur salut. »

Tout ceci se disait en marchant dans le bois sur les traces du missionnaire, et nous atteignîmes le ruisseau. J'aurais eu mille et mille questions à faire, et je brûlais d'impatience de savoir comment ma femme et François avaient été amenés dans cette île, com-

ment ils avaient rencontré le missionnaire.
Le temps m'avait paru si long depuis ces derniers événemens, que je ne pouvais me persuader qu'il n'y avait que cinq ou six jours que
nous étions séparés; j'en parlais comme si cinq
ou six mois s'étaient déjà écoulés. La célérité
de notre marche m'empêchait de parler et
d'entendre. Le ministre anglais était fort silen-
cieux, et me répondait ordinairement : «Votre
femme vous dira cela; » il en disait un peu
plus lorsqu'il était question de lui et de sa
belle mission dont il était rempli. « Grâces au
ciel, me disait-il, j'ai déjà réussi à donner à
cette peuplade quelques notions d'humanité;
ils aiment *l'ami noir*, c'est ainsi qu'ils m'ap-
pellent, ils écoutent volontiers mes simples
prédications et le chant de quelques cantiques.
Quand votre François fut pris il avait son
flageolet de roseau dans sa poche, il en
joua, et cet instrument, joint à la jolie figure
de cet enfant et à ses grâces, a gagné leur

cœur; je crains qu'ils n'aient quelque peine à
vous le rendre; le roi voulait l'adopter. Ne vous
effrayez pas, mon frère, j'espère arranger tout
pour votre bonheur avec le secours divin; j'ai
pris sur eux quelque ascendant, et j'en profite-
rai. Il y a un an je n'aurais pas osé vous répondre de la vie de leurs prisonniers; à présent je
la crois en sûreté. Mais combien de vertus dont
ils n'ont pas même l'idée, il faut encore leur
inculquer! Ces simples enfans de la nature
n'écoutent que sa voix, et cèdent à toutes ses
impressions; ils ne sont pas dépourvus de sensibilité; leur premier mouvement est bon,
mais leur légèreté les fait passer presque subitement de l'amitié à la haine; ils sont enclins
au vol, et leur colère est terrible lorsqu'on
veut s'y opposer ou leur faire rendre ce qu'ils
se sont approprié; mais ils sont aussi prodi-
gues de ce qu'ils possèdent, et susceptibles
d'un véritable attachement. Vous en verrez
la preuve dans la demeure où une femme bien

plus malheureuse que la vôtre, puisqu'elle avait perdu son soutien, a trouvé un asile.

LE PÈRE. Est-ce auprès d'elle que je trouverai ma femme et mes enfans ?

LE MISSIONNAIRE. Oui, mon frère, et vous y verrez aussi l'exemple du courage et de la résignation. »

Il se tut, et je n'osais répéter mes questions. Déjà nous apercevions la mer ou plutôt le bras de mer qui s'avançait dans les terres et que nous avions remonté avec notre pinasse, mon cœur volait au-devant de mon Ernest; tranquille à présent sur les autres, il m'occupait presque exclusivement. Quelquefois les collines nous dérobaient entièrement la vue de l'eau; Fritz grimpait au-dessus, et n'avait point encore aperçu son frère : enfin tout-à-coup nous l'entendons appeler : « Ernest! Ernest! » et des cris, ou plutôt des espèces de hurlemens au milieu desquels on ne pouvait distinguer la voix de mon fils, lui répondirent. L'effroi s'empara de moi : » Ce sont les insulaires, dis-je au missionnaire, et ces cris affreux...

— Sont des cris de joie, me répondit-il ; ils vont redoubler à notre vue. Ce sentier battu, entre les rochers, va nous conduire au rivage. Appelez Fritz ; mais je ne le vois plus, sans doute il aura descendu la colline, et déjà il est près d'eux : ne craignez rien, et recommandez à vos fils la prudence ; l'ami noir parlera à ses amis noirs, et ils l'écouteront. »

Appuyé sur le bras du missionnaire, nous descendîmes le sentier, qui nous conduisit au rivage : déjà de loin j'entrevis mes deux fils sur le tillac de la pinasse, qui était remplie d'insulaires, à qui ils distribuaient tous les trésors de la caisse, du moins ceux que nous avions mis à part dans le sac ; ils n'avaient heureusement pas eu l'imprudence d'ouvrir

devant eux la caisse même, qui aurait bientôt
été vidée ; elle reposait en paix sous le tillac
avec le baril de poudre. A chaque nouveau
présent les sauvages poussaient des cris de
joie en répétant : *Mona, mona,* ce qui veut
dire *beau ;* les miroirs furent d'abord ce qui
les enchanta le plus, mais leur plaisir se chan-
gea en effroi ; ils crurent sans doute qu'il y avait
du sortilége, et presque tous les miroirs furent jetés à la mer. Les grains de verre coloré
eurent ensuite la préférence et faillirent oc-
casioner des disputes. Ceux qui n'en avaient
point voulaient les arracher des mains de
ceux qui en avaient, et les cris et les disputes
allaient en augmentant, lorsque la voix du
missionnaire se fit entendre, et les calma
comme par enchantement. Tous descendirent de la pinasse et l'entourèrent; il les harangua dans leur langage et me désignait en
répétant *metoua-tane* (père), qu'ils répétaient
à leur tour. Plusieurs s'approchèrent très-

près de moi, et posèrent le bout de leur nez contre le mien, ce qui est, me dit le pasteur, une marque de respect. Pendant ce temps, Fritz apprenait à Ernest que sa mère et ses frères étaient retrouvés, et ce que c'était que l'Européen qui nous accompagnait. La joie de mon second fils fut extrême, mais toujours exprimée avec calme; ses yeux pleins de larmes disaient seuls combien son cœur était ému; il sauta à bas de la pinasse et vint remercier le missionnaire : j'eus aussi ma part de sa tendre reconnaissance pour être revenu le chercher, même avant d'avoir vu mes chers retrouvés.

Il fut question d'aller les joindre, nous décidâmes d'un commun accord que nous irions par eau, d'abord pour amener notre pinasse aussi près que possible de ma chère Elisabeth, dont la santé se ressentait encore de sa chute, de son voyage forcé, et de tout ce qu'elle avait éprouvé de pénible. J'avoue que je me

3. 2

sentais aussi un peu fatigué et que j'aurais eu
quelque peine à faire, pour la troisième fois, le
trajet à pied; on m'assurait aussi que nous
irions bien plus vite, et cela seul m'aurait
décidé. La pinasse fut donc détachée, sa voile
étendue, et nous nous y plaçâmes avec une
vive émotion. Redoutant celle de ma femme
lorsqu'elle nous verrait entrer subitement, je
priai notre nouvel ami de nous précéder, et
de la préparer à ce moment : il y consentit;
mais lorsqu'il allait monter dans la pinasse,
les insulaires l'arrêtèrent vivement; l'un d'eux
eut l'air de lui faire à son tour une harangue.
Le missionnaire l'écouta avec calme et di-
gnité, puis se tournant de mon côté : « C'est à
vous, mon frère, me dit-il, de répondre à la
demande de Parabéri; il me supplie, au nom
de tous, d'attendre encore ici quelques momens leur chef, auquel ils donnent le titre de
roi. Bara-ourou, c'est son nom, leur a commandé de se rendre ici pour une cérémo-

nie à laquelle tous les guerriers doivent as-
sister. J'avais désiré d'en être témoin, dans
la crainte que ce ne fût un sacrifice à leurs idoles, sacrifice auquel je m'oppose avec force ; je
voulais saisir cette occasion de leur prêcher
le seul et vrai Dieu, celui qu'ils doivent ado-
rer. Bara-ourou n'est pas méchant; il me
protége, et j'espère parvenir à toucher son
cœur, à éclairer son esprit, et à l'amener à la
foi chrétienne : son exemple entraînerait, j'en
suis sûr, la plupart de ses sujets, qui lui sont
très-attachés : votre présence, celle de vos
fils, le nom de Dieu et du Sauveur, prononcé
par vous trois, avec le sentiment profond qui
vous anime sans doute, vos genoux ployés,
vos mains et vos yeux élevés au ciel, aide-
raient puissamment à cette œuvre sublime
qui m'a été confiée et que je désire vivement
accomplir. Vous vouliez, m'ayez-vous dit,
être missionnaire; eh bien, mon frère, aidez
un faible serviteur de Dieu à lui conquérir

des âmes, et la bénédiction du ciel reposera
sur vous : vous aurez de plus le mérite de retarder votre propre satisfaction pour amener
au salut éternel ceux que vous regardiez ce
matin encore comme vos plus cruels ennemis,
ceux à qui vous devez pardonner, comme notre
Père qui est aux cieux nous pardonne. Vous
sentez-vous le courage de retarder de quelques
heures peut-être votre réunion de famille?
votre femme, votre fils ne vous attendent pas,
et du moins vous ne souffrez pas pour eux de
ce retard. Retenu hier auprès de votre fils blessé, j'ai ignoré jusqu'à ce moment que la cérémonie ordonnée par Bara-ourou avait lieu au-
jourd'hui. Si vous ne pouvez pas modérer votre
impatience, partons, je vous conduirai auprès
de votre femme et de vos fils, et je reviendrai,
j'espère, encore assez à temps pour remplir le
but de ma mission; j'attends votre décision
pour répondre à Parabéri; il est déjà assez
avancé dans les saintes vérités et désire

que son roi et ses frères les connaissent. »

Telles furent les paroles de ce vrai serviteur de Dieu. Mais qui pourrait rendre l'expression de sa physionomie, douce, calme et
bienveillante, ainsi que le son de sa voix;
mais s'animant par degrés lorsque la religion l'inspirait! M. Willis, c'était son nom,
paraissait avoir quarante-cinq à cinquante
ans; il était grand et assez maigre; les travaux et les fatigues, inséparables du sublime
état auquel il s'était voué, avaient, plus que
les années, laissé quelques traces sur sa
belle et noble figure; sa taille était un peu
courbée, quelques rides sillonnaient un front
ouvert et élevé; ses cheveux, peu nombreux,
étaient blanchis avant le temps; ses yeux,
d'un bleu assez clair, annonçaient à la fois
l'esprit et la sensibilité, on pouvait y lire sa
pensée, et ils semblaient aller chercher la
vôtre au fond de votre cœur. Son attitude
ordinaire était de croiser ses bras sur sa poi-

trine; il gesticulait peu; mais, lorsque son
bras étendu et sa main et son regard s'éle-
vaient au ciel, l'effet était irrésistible; on
aurait dit que ce regard pénétrait au-delà et
voyait dans sa gloire celui qu'il annonçait.
Il m'avait parlé du ton le plus simple et sans
rien exiger; un ordre émané de Dieu lui-
même ne m'aurait pas trouvé plus docile; il
ne m'aurait pas été possible de lui résister.
Il avait raison cependant de dire que c'était
un sacrifice; mais je le fis sans balancer.
Décidé à rester avec lui, je jetai un regard
sur mes fils avant de m'y résoudre; tous
deux gardaient le silence, et leurs yeux
étaient baissés; mais Fritz fronçait le sour-
cil : je me hâtai d'annoncer ma volonté.

« Je reste avec vous, mon père, dis-je au
missionnaire en lui tendant la main, rem-
plissez vos sublimes devoirs; heureux si je
pouvais vous seconder ! mais vous n'en avez

nul besoin, le ciel vous a doué du don de persuader.

— Je le lui demande sans cesse, me répondit-il, puisse-t-il bénir mes efforts! Et vous, jeunes gens, êtes-vous de l'avis de votre père? »

Fritz s'avança, et lui dit avec sentiment et candeur : « J'avais eu le malheur de blesser mon jeune frère Jack, quoiqu'il ait eu la générosité de le cacher; vous l'avez soigné, vous avez retiré la balle que j'avais mise dans son épaule; je vous dois sa vie peut-être, disposez de la mienne; je n'ai rien à vous refuser, et, malgré mon impatience, je reste avec vous.

— Je dis de même, ajouta Ernest; vous avez protégé ma mère et mes frères; quelle ne doit pas être notre reconnaissance pour celui dont Dieu s'est servi pour nous les rendre? Nous resterons tous trois avec vous,

vous fixerez le moment de notre réunion ;
puisse-t-il n'être plus éloigné ! »

Je fis à mes fils un signe d'approbation ;
le missionnaire leur serra la main avec amitié. « J'ose vous promettre, leur dit-il, que
vous reverrez votre famille avec un double
plaisir ; celui qui fait une action, un sacrifice,
que sa conscience approuve, en reçoit toujours la récompense. »

Nous en eûmes bientôt la preuve. M. Willis apprit de Parabéri que l'on était allé chercher leur roi dans notre beau canot, suivant
les ordres qu'il avait donnés ; c'est alors que
nous l'avions vu passer. L'habitation royale
étant située de l'autre côté du promontoire,
il ne pouvait encore être arrivé ; mais bientôt un cri général annonça qu'on les voyait
venir. Pendant que les sauvages se prépa-
raient à recevoir leur chef, je rentrai dans
la pinasse, et, me glissant sous le tillac, je

pris dans la caisse ce que je jugeai le plus propre à être offert à sa majesté; je choisis une hache, une scie, un joli petit sabre damasquiné, qui ne pouvait faire grand mal; un paquet de clous, et un de rassade ou grains de verre. J'avais à peine mis à part ces objets, que mes deux fils accoururent à moi avec une émotion extraordinaire. « Oh! mon père, me disaient-ils à la fois, voyez, regardez, réunissez toutes vos forces, voyez, c'est François! c'est lui-même dans le canot; oh ! qu'il est drôlement arrangé!» Je regarde; à quelque distance de nous notre canot remontait le détroit; il était orné d'une quantité de branches d'arbres que les sauvages de la garde du roi tenaient à la main; d'autres ramaient avec vigueur; le chef, paré du mouchoir jaune et rouge de ma femme, en façon de diadême, était assis sur la poupe, et un charmant petit garçon, blanc et rose, à chevelure blonde, était placé sur son épaule

5. 3

droite. Je le reconnus à l'instant avec un
battement de cœur dont tout bon père pourra
se former une idée. Il était nu depuis la ceinture jusqu'en haut, et portait un petit pagne
ou jupon de feuilles tressées, qui lui allait
jusqu'aux genoux; un collier de petites coquilles enfilées pendait sur sa poitrine; il en
avait aussi autour des bras, et des plumes
de toutes couleurs étaient passées dans les
boucles de ses cheveux; plusieurs lui retom-
baient sur les yeux et l'empêchaient sans
doute de nous voir. Le roi était fort occupé
de lui, et ajoutait à chaque instant à sa parure quelque chose qu'il ôtait de la sienne.
J'en fus effrayé. « C'est mon fils, dis-je à
M. Willis, c'est mon cher petit cadet. Dieu!
ils l'ont ôté à sa mère! quelle a dû être sa
douleur! c'est son Benjamin, son enfant
chéri. Pourquoi l'ont-ils séparé d'elle? pourquoi le parer? pourquoi l'amener ici? Dieu!
qu'en veulent-ils faire?

— N'ayez aucune crainte, me répondit le missionnaire ; tant que j'existerai il ne lui sera fait aucun mal. Je vous promets qu'il vous sera rendu ; vous le ramènerez à sa mère. Placez-vous tous trois à mes côtés, avec ces branches dans vos mains. » Il les prit de celles de Parabéry, qui en tenait un faisceau, et nous en donna une à chacun : chaque sauvage en prit aussi. C'est un arbre au feuillage mince, élégant, une espèce de *mimosa*, portant de belles fleurs incarnat ; les Indiens le nomment *l'arbre de la paix*. Ils en portent une branche lorsqu'ils n'ont pas d'intentions hostiles : dans toutes leurs assemblées, quand ils ont décrété la guerre, ils en font un feu ; si toutes les branches se consument, c'est l'annonce, le présage d'une victoire glorieuse.

Pendant que M. Willis nous expliquait cela, le canot aborda. Deux sauvages vinrent prendre François, le placèrent sur leurs épaules ;

deux autres portèrent de même le roi, et ils
s'avancèrent gravement vers nous. Oh! combien il m'en coûtait de ne pas courir au-devant de mon enfant, de ne pas l'enlever à ceux
qui le portaient, et de ne pouvoir le serrer
dans mes bras! Mes fils souffraient aussi;
Fritz fit même un mouvement pour s'élancer;
mais le missionnaire le retint. François, placé
très-haut sur les épaules de ses porteurs, et
je crois passablement ému, baissait les yeux
et ne nous voyait point encore. Quand le
roi fut à vingt pas de nous il fit arrêter; tous
les sauvages s'accroupirent devant lui; nous
restâmes seuls debout. Alors François nous
vit et jeta un cri perçant en répétant : « Papa!
mes frères! » Il se débattait pour se jeter à
bàs; mais il était tenu trop fortement. Il
nous fut impossible de nous contraindre plus
long-temps; nous éclatâmes aussi en cris, en
larmes, en sanglots. Je dis, un peu trop du-
rement peut-être, au bon missionnaire : « Ah!

si vous étiez père!..... — Je le suis de tout
ce troupeau, me répondit-il, et vos enfans
sont les miens; je vous réponds de tout;
engagez vos fils à se taire, à se calmer,
que le cadet lui-même soit tranquille et me
laisse faire. » Je profitai bien vite de
la permission qu'on me donnait de lui
parler.

« Cher François, lui dis-je en lui tendant
les bras, nous sommes venus te chercher,
ainsi que ta mère; après mille dangers, nous
serons bientôt réunis pour ne nous plus séparer. Mais calme-toi, cher enfant, ne risque
pas de détruire ou de troubler par ton impatience le plus heureux moment de notre
vie; confie-toi en Dieu, et dans cet excellent
ami qu'il nous a donné, et qui m'a rendu
ceux sans qui je ne pouvais plus vivre. » Je
terminai ma harangue en lui jetant, ainsi
que ses frères, mille et mille baisers. Il resta
tranquille et ne cherchait plus à s'échapper;

mais ses larmes coulaient encore et il ne pouvait prononcer que nos noms : « Papa, Fritz,
Ernest... Et maman ? ajouta-t-il.

— Elle ignore encore, lui dis-je, que nous
sommes aussi près d'elle ; comment l'as-tu
laissée ?

FRANÇOIS. Bien tourmentée de ce qu'ils
m'emmenaient ; mais ils ne m'ont point fait
de mal, ils sont si bons ! et bientôt nous
irons tous vers elle. Oh ! quelle sera sa joie
et celle de nos amies !

— Un mot de Jack, s'écria Fritz ; comment va sa blessure ?

FRANÇOIS. Assez bien ; il ne souffre point,
et Sophie le soigne et l'amuse. La pauvre
petite Matilde pleurait quand les sauvages
m'ont emmené ; papa, si tu savais comme
elle est bonne et gentille. »

Je n'eus pas le temps de demander qui

étaient Sophie et Matilde. On m'avait laissé
parler à mon fils, parce que je l'avais tran-
quillisé; mais le roi ordonna le silence,
et, toujours placé sur les épaules de ses
gens, il harangua l'assemblée. C'était un
homme de moyen âge, ses traits étaient pro-
noncés, ses lèvres très-épaisses, ses cheveux
teints en ocre rouge, et son visage brun
foncé, tatoué de blanc, ainsi que son corps,
lui donnait une mine assez effrayante; cependant l'ensemble de ses traits n'était pas
désagréable et n'annonçait aucune férocité.
En général, la bouche de ces sauvages est
énorme, et leurs dents, très-longues, très-
larges et très-blanches, sont frappantes. Tous
avaient un pagne de joncs ou de feuilles, qui
les couvrait de la ceinture aux genoux. Quand
M. Willis arriva dans cette île, il trouva les
indigènes absolument nus; ce n'était pas
sans peine qu'il avait obtenu ce vêtement;
Bara-ourou avait commencé, et ses sujets

avaient suivi son exemple. Sa coiffure seule
le distinguait ; elle était très-bizarre. Le mouchoir de ma femme, que je reconnus d'abord,
entourait sa tête, comme un bandeau, d'une
manière assez gracieuse ; le reste de ses cheveux était attaché en touffes, serrées par des
roseaux, et remontait assez haut. Le tout
était orné de plumes ; mais il les avait presque toutes ôtées pour en parer. mon fils. Il
le fit placer à ses côtés et commença un
long discours en le montrant souvent de la
main. J'étais sur les épines. Quand il eut fini,
tous les sauvages répondirent par un cri en
frappant des mains ; tous entourèrent mon enfant, lui présentèrent, en dansant, des fruits,
des coquillages, des fleurs, et continuèrent
à crier : *Ouraki, Ouraki.* Le roi était descendu et criait aussi : *Ouraki.*

« Qu'est-ce que veut dire ce mot qu'ils ré-
pètent sans cesse ? dis-je au missionnaire.

—C'est le nouveau nom de votre fils, ou plutôt du fils de Bara-ourou, qui vient de l'adopter.

— Jamais! jamais! m'écriai-je en voulant m'élancer vers lui; mes enfans, arrachons votre frère à ces barbares. Nous courûmes tous les trois vers François, qui nous tendait les bras et fondait en larmes. Les hommes qui l'entouraient voulaient nous repousser, lorsque la voix du missionnaire s'éleva avec force; il ne prononça que quelques mots, à l'instant même, ils tombèrent tous la face contre terre, et nous n'éprouvâmes plus aucune difficulté à reprendre mon enfant. Nous revînmes avec lui nous placer auprès de notre protecteur. Il avait encore la même attitude, ses yeux et son bras droit étaient dirigés vers la voûte céleste. Il fit signe aux sauvages de se relever et leur parla long-temps : que n'aurais-je pas donné pour l'entendre! Mais je pus juger

au moins de l'effet de son discours. Il nous
montrait souvent en prononçant le mot
éroué, et s'adressant particulièrement au roi,
qui l'écoutait sans faire un seul mouvement.
A la fin de son discours, Bara-ourou s'approcha vivement de nous et voulut se saisir de
François, qui se jeta dans mes bras, où je le
retins avec force.

« Bien, me dit M. Willis; mais à présent
laissez-le aller, et ne craignez rien. »

Je lâchai l'enfant; le roi le souleva jusqu'à son visage, toucha du bout de son nez
le bout du sien, puis il le remit à terre, ôta,
l'une après l'autre, les plumes qui le déco-
raient ainsi que son collier de coquilles, et remit François dans mes bras en me touchant
aussi le bout du nez, et prononçant beaucoup
de paroles. Mon premier mouvement, en re-
cevant de lui mon cher enfant, fut de me je-

ter à genoux : mes deux fils aînés en firent autant.

« Bien, s'écria le missionnaire en élevant encore la main et la voix, c'est ainsi que vous devez remercier le ciel. Le roi, convaincu que le Dieu invisible l'ordonne, vous rend votre fils et veut être votre ami; il mérite ce titre, mon frère, puisqu'il adore et craint votre Dieu. Puisse Bara - ourou connaître et croire toutes les vérités de l'Evangile ! Prions ensemble pour que le jour arrive où, sur cette plage, où l'amour paternel a triomphé, je verrai s'élever un temple au père de tous les hommes, au Dieu de paix et d'amour. » Il tomba aussi à genoux, le roi et tous ses gens l'imitèrent. Sans comprendre les mots de sa prière, je pus en saisir le sens, et je m'y joignis de cœur et d'âme.

Je fis ensuite mes présens au roi, et je les augmentai beaucoup; j'aurais voulu lui don-

ner tous mes trésors en échange de celui qu'il
m'avait rendu ; mes trois fils en donnèrent
aussi à chacun des sauvages, qui ne cessaient
de crier *Tayo, Tayo*. Je priai M. Willis de dire
au roi que je lui donnais mon canot, et que
j'espérais qu'il en ferait usage pour nous visiter dans notre île, où nous allions retourner.
Il parut content, mais voulut monter avec
nous sur notre pinasse qu'il regardait avec
admiration ; quelques gens de sa suite y mon-
tèrent aussi pour ramer ; le reste se mit dans
le canot et dans la pirogue. Nous regagnâ-
mes la pleine mer, et, tournant la seconde
pointe, nous trouvâmes un bras de mer plus
large où elle put naviguer, et qui nous conduisit où tous les vœux de notre cœur nous
appelaient.

~~~~~~

CHAPITRE LVI.

La réunion.

JE ne pouvais me lasser de regarder mon
cher François, de l'embrasser, et ses frères de même. Nous aurions voulu lui faire
mille questions sur l'arrivée des sauvages
dans notre île, sur leur enlèvement et leur
voyage, leur séjour dans celle - ci, et sur les
amis qu'ils y avaient trouvés; mais cela
nous fut impossible, sa majesté basanée ne
nous laissa pas un instant, et jouait avec
lui comme un enfant. François lui montrait
tous les joujoux de notre caisse, les petits
miroirs et les poupées l'amusaient extrêmement. Un petit chariot peint et con-
duit par un cocher, qui levait son fouet lors-

que la roue tournait, lui parut miraculeux ; il poussait des cris de joie, et le montrait à sa suite. Le tic-tac de ma montre l'enchanta aussi ; et, comme-j'en avais plusieurs en ré-serve, je lui donnai la mienne, en lui mon-trant à la monter. Dès la première fois qu'il l'essaya, il cassa le ressort, et lorsqu'elle cessa de faire du bruit il ne s'en soucia plus et la jeta de côté. Cependant, comme l'or était brillant, il la reprit et passa l'anneau dans le mouchoir qui entourait sa tête ; elle pendait sur son nez et faisait un plaisant ornement. François le lui fit voir dans un miroir, ce qui l'amusa *royalement* et le fit rire aux éclats. Il demanda au missionnaire si c'était le Dieu invisible et tout-puissant qui avait fait ces mer-veilles. Willis répondit que c'était lui qui donnait aux hommes le pouvoir de les faire. Je ne sais si Bara-ourou le comprit ou cher-cha à le comprendre, mais il demeura pensif pendant quelques momens. J'en profitai pour

prier le missionnaire de me dire quelles
étaient les paroles qui les avaient terrifiés
quand ils voulaient garder mon fils, et les
avaient, pour ainsi dire, forcés à me le rendre.

« Je leur ai déclaré, me répondit-il, que
le Dieu invisible et tout-puissant dont je
leur parle tous les jours leur ordonnait par
ma voix de rendre un fils à son père; je les ai
menacés de son courroux s'ils résistaient, de
sa miséricorde s'ils obéissaient, et ils ont
obéi. Le premier pas est fait; ils adorent déjà
ce Dieu tout bon, tout-puissant, qui a tout
créé et veille sur tout, et ils lui obéissent.
Toutes les autres vérités vont découler de
celles-là, et je ne doute pas que mes sauvages ne deviennent un jour des bons et vrais
Chrétiens. Ma méthode d'instruction est très-
simple, et telle qu'elle convient à des êtres
dont les idées sont peu étendues. Je tâche de
leur apprendre à penser, à réfléchir. Je leur

ai prouvé que les idoles de bois, qu'ils fabri-
quent eux-mêmes, ne peuvent ni avoir créé
tout ce qu'ils voient, ni les entendre, ni rien
faire pour eux; je leur ai montré Dieu dans
ses œuvres; je leur ai dit qu'étant aussi bon
qu'il est puissant, il haïssait le mal, la cruauté,
le meurtre, et leur abominable usage de brû-
ler ou manger leurs prisonniers; ils m'ont cru,
et ils y ont renoncé. Dans une guerre qu'ils ont
eue dernièrement avec les habitans d'une autre
île, ils ont renvoyé chez eux les prisonniers
qui n'avaient pas été adoptés, et traitent bien
ces derniers. S'ils ont enlevé votre femme et
votre fils, c'était sans mauvaise intention, ils
croyaient au contraire faire une bonne action,
et vous l'apprendrez bientôt. »

Comme Bara-ourou continuait à jouer avec
François, je renonçai à le questionner; je me
rabattis sur Ernest à qui je demandai quand les
sauvages l'avaient joint, et ce qui s'était passé.

ERNEST. Très-peu de choses, mon père, et
rien qui ait pu m'alarmer. Quand vous m'eûtes
quitté je m'amusai à chercher des coquillages, des plantes et des zoophytes dont ces rochers abondent ; j'ai augmenté ma collection
de plusieurs objets intéressans. Je m'étais
ainsi un peu éloigné de ma pinasse, lorsqu'un
bruit confus de voix me fit juger que les sauvages arrivaient : en effet, ils sortirent au
nombre de dix ou douze du bois où vous étiez
entrés, et je ne comprends pas que vous ne
les ayez pas rencontrés. Je pensais qu'ils venaient reprendre leur pirogue ; je me hâtai de
prendre les devans et de rentrer dans ma
chaloupe ; je saisis un fusil chargé, bien décidé à n'en faire usage que pour sauver ma
vie ou ma pinasse. Je montai courageuse-
ment sur le tillac, prenant une attitude aussi
fière, aussi imposante qu'il me fut possible ;
mais je ne réussis pas à les intimider. Ils sautèrent l'un après l'autre dans la pinasse et

3. 4

m'entourèrent en, poussant des cris; je ne
savais si c'était de joie ou de fureur, mais
je ne témoignai aucune crainte, et je leur dis
avec le ton de l'amitié quelques mots du vo-
cabulaire de Cook qu'ils n'eurent pas l'air de
comprendre, tout comme je ne comprenais
point ce qu'ils se disaient entre eux, à l'exception cependant du mot *éroué* (père) qu'ils
répétaient souvent, ainsi que celui de femme
tara - tano. L'un d'eux tenait à la main le
fusil de Fritz, ce qui me fit conclure que c'é-
taient les ravisseurs de Jack; je pris ce fusil,
et tâchai de lui faire comprendre, en lui
montrant le mien, qu'il m'appartenait. Il
crut que je lui proposais un échange et voulut
s'en saisir en me faisant signe de garder le
sien. Ce n'était pas mon compte; le fusil
de Fritz était déchargé, et quelque faux
mouvement pouvait faire partir le mien.
Pour prévenir un malheur, pressé comme je
l'étais par ces hommes, je me décidai tout-

à-coup à les effrayer, et, voyant passer un oiseau au-dessus de nous, je lâchai le coup
par-dessus leur tête, et je tirai si juste que
l'oiseau, qui était je crois un pigeon bleu,
tomba roide mort. Ils furent un instant stu-
péfaits par la terreur, puis sautèrent tous à
bas de la pinasse, à l'exception d'un seul,
c'était Parabéri, l'ami de M. Willis. Celui-là
semblait prendre plaisir à me voir, et me
montrait souvent le ciel avec la main, en répétant le mot *méti,* qui, je crois, veut dire bon
ou *bien.* Ses camarades avaient relevé l'oiseau
tué et se le montraient les uns aux autres.
Quelques-uns se tâtaient l'épaule comme pour
voir s'ils n'étaient point blessés comme l'oiseau ou comme Jack, ce qui me prouva qu'ils
étaient ses ravisseurs. Je tâchai de le faire
entendre à celui qui restait près de moi, et
je crois que j'y parvins ; il me fit un signe af-
firmatif en me montrant l'intérieur de l'île et
se touchant l'épaule d'un air de pitié. Je pris

dans la caisse plusieurs objets que je lui donnai
en lui faisant signe d'en porter aux autres et
de les ramener. Il me comprit fort bien ; il y
alla, leur montra ses richesses, et, bientôt
rassurés, ils furent tous autour de moi pour
m'en demander. J'étais occupé à leur distribuer des grains, des miroirs, de petits
couteaux, quand vous êtes venus ; et nous
sommes, comme vous le voyez, très-bons amis.
Deux ou trois rentrèrent dans le bois et ne
tardèrent pas à m'apporter des cocos et des
bananes ; mais il fallut commencer par cacher les fusils dont ils ont une sainte terreur. J'ai tout dit, mon père, et je vous assure que ceux que nous appelons des sauvages
valent mieux que beaucoup de ceux qui se
croient civilisés. Ils ont la simplicité de l'enfance ; un rien les irrite, un rien les apaise
et les amuse ; ils sont reconnaissans, sensi-
bles à l'amitié qu'on leur témoigne, et je ne
les trouve ni cruels ni barbares. Ils ne m'ont

fait aucun mal, quoique je fusse seul; ils pouvaient me tuer, m'emmener, me jeter à la mer.

— Il ne faut pas, lui dis-je, juger toutes les peuplades sauvages d'après ceux-ci; ils ont eu le bonheur d'avoir un digne et vertueux instituteur; M. Willis a déjà jeté dans leurs âmes la semence de la religion divine, qui nous ordonne, pour premier devoir, d'aimer notre prochain comme nous-mêmes, et de ne faire aux autres que ce que nous voudrions qui nous fût fait, de pardonner à nos ennemis et même de les bénir.

—C'est, en peu de mots, ajouta M. Willis, le code de morale le plus complet qui ait jamais existé à la portée des esprits les plus simples, et qui n'a pu émaner que du Dieu qui nous a donné l'exemple de cette charité, de cet amour inépuisable en sacrifiant sa vie pour sauver les hommes. »

En discourant ainsi, nous arrivâmes à un abordage où le canot et la pirogue qui nous précédaient avaient déjà débarqué. Nous en fîmes autant, à l'exception du roi, qui ne voulut point quitter la pinasse, et parla long-temps au missionnaire. J'étais aussi resté à côté de ce dernier, non sans quelque crainte que Bara-ourou, qui paraissait s'attacher toujours davantage à François, qu'il tenait entre ses genoux, ne voulût encore le garder ; mais, à ma grande joie, il le remit lui-même dans mes bras. M. Willis me dit : « Il vous tient sa parole, vous allez le ramener à sa mère ; mais Bara-ourou vous demande en échange de le laisser aller dans votre pinasse à son habitation de l'autre côté du détroit ; il voudrait la montrer à ses femmes ; et il vous promet de la ramener ; peut-être y aurait-il quelque danger à la lui refuser.

LE PÈRE. J'en vois aussi à l'accorder, et je

vous avoue que je suis assez embarrassé. S'il voulait la garder, quel moyen de retourner chez nous? elle est d'ailleurs remplie de toutes nos provisions, du seul baril de poudre qui me reste, de différens outils ou de quincailleries dont je voulais trafiquer avec eux; n'est-il pas possible que tout soit pillé, saccagé?

LE MISSIONNAIRE. Je n'oserais pas en répondre; je n'ai pu parvenir encore à les corriger du vol, qui semble inhérent à leur nature. J'imagine un seul moyen de vous tirer d'embarras, me dit-il; mais c'est encore un retard, et je vois, je sens tout ce que vous devez souffrir: ce serait d'accompagner le roi à son habitation, qui n'est pas très-éloignée, et de ramener vous-même votre pinasse; Parabéri la gardera jusqu'à votre départ, et je vous réponds de lui. Qu'en dites-vous?

—Encore un retard! et si près de mon but

et de ma chère Élisabeth ! » Le jour s'avançait,
et je ne pouvais peut-être pas être revenu
avant la nuit. D'un autre côté, si ma femme
ignorait que nous fussions si près d'elle, elle
savait que l'on avait emmené François et
devait être dans les plus vives inquiétudes.
Bara-ourou paraissait impatient de notre entretien; il fallait prendre un parti; je m'y
décidai tout-à-coup, et, remettant François
au missionnaire, je le conjurai de le ramener
à sa mère, et de la préparer en même temps
à nous revoir bientôt tous, en lui racontant
ce qui nous retenait. « Fritz, dis-je à mon
fils aîné, j'exige encore de toi ce sacrifice;
même pour retrouver ta mère, tu ne voudrais
pas, j'en suis sûr, te séparer de moi; il te faut
pour être heureux nous voir tous réunis; encore une heure ou deux et nous le serons tous.

— Partons, » dit Fritz avec un peu d'hu-
meur, et Ernest avec calme. M. Willis dit au

roi que, pour l'honorer et lui témoigner notre
reconnaissance, nous voulions, moi et mes
fils aînés, l'accompagner chez lui. Il en parut très-flatté et fit asseoir mes deux fils à ses
côtés, les appela ses *tayo*, se fit répéter leurs
noms, qu'il eut beaucoup de peine à prononcer, et finit par appeler Fritz Bara, et Ernest
Ourou, et par se nommer lui-même Fritz-Ernest. M. Willis et François descendirent.
Notre cœur se serra en les voyant partir pour
aller où nous désirions si passionnément d'ê-
tre; mais le dez en était jeté. Le roi donna
l'ordre du départ, le canot et la pirogue prirent les devans, et nous les suivîmes. Après
une heure de navigation nous découvrîmes le
palais royal : c'était un hangar de bambous,
assez vaste, recouvert artistement de feuilles
de palmier. Au devant plusieurs femmes
étaient assises et travaillaient à faire des pa-
gnes de roseaux; elles en portaient toutes.
Leur chevelure était arrangée avec assez de

3

soin en touffes tressées sur leur tête : nous
n'en vîmes aucune qui fût jolie, excepté deux
filles du roi, âgées de dix à douze ans, très-
noires, mais assez gracieuses, et qu'il desti-
nait sans doute pour épouses à mon François.
Nous descendîmes de la pinasse à cent pas
de l'habitation. Les femmes vinrent au-devant de nous avec une branche de mimosa
dans chaque main; elles formèrent une espèce
de danse singulière en entrelaçant leurs bras
et remuant les pieds vivement; mais sans
bouger de la place, et chantant alternative-
ment quelque chose qui ressemblait plus à
des cris qu'à du chant. Le roi paraissait y
prendre grand plaisir; il appela ses femmes
et ses filles et leur montra ses *tayo, Bara* et
Ourou, s'appelant lui-même Fritz-Ernest. Il
se joignit à la danse et y entraîna mes fils,
qui s'en tirèrent assez bien. Quant à moi il
me traitait avec respect, m'appelant toujours
éroué (père); et me fit asseoir sur un

gros tronc d'arbre au devant de son habitation, qui sans doute était son trône, car il
m'y plaça en grande cérémonie, après avoir
frotté son nez royal contre le mien. Quand
la danse fut finie les femmes rentrèrent dans
le hangar, et revinrent nous offrir une
collation dans des écales de cocos. C'était
une espèce de bouillie ou de pâte faite, je
crois, de différens fruits mêlés de lait de coco
et d'une espèce de farine. Ce mélange me
parut détestable; je m'en dédommageai avec
quelques amandes de cocos et le fruit de
l'arbre à pain. Voyant que je les aimais,
Bara-ourou donna l'ordre d'en cueillir et de
les mettre dans la pinasse.

La grande cabane était adossée contre un
bois de palmiers et d'autres arbres, en sorte
que notre provision fut bientôt faite. Cependant cela donna le temps à mes fils de
courir à la pinasse, gardée par Parabéri, et

de sortir de la caisse des grains, des perles, des miroirs, des ciseaux, des aiguilles et des épingles pour les distribuer aux femmes. Quand on eut apporté les fruits qui nous étaient destinés, je fis signe à Bara-ourou de les mener voir la pinasse; il les appela. Elles arrivèrent timidement, se tenant derrière le roi et ayant l'air de ne pouvoir marcher que par son ordre. Elles portaient les fruits deux à deux dans des espèces de corbeilles de roseaux, artistement tressées, et qui nous parurent avoir une forme européenne. Dans l'habitation même il n'y avait pas d'autres meubles que des nattes, qui, sans doute, leur servaient de lits, et quelques troncs d'arbres servant de chaises et de tables. Beaucoup de paniers de différentes formes étaient suspendus aux bambous serrés qui formaient la cloison : il y avait aussi des lances, des sagayes, des frondes, des casse-têtes, qui nous firent juger que c'était une nation assez belliqueuse.

Nous regardâmes ces différens objets très-
superficiellement; notre cœur nous appelait
ailleurs et notre impatience devenait toujours plus vive. Je me hâtai de joindre mes
fils qui m'attendaient sur la pinasse avec les
présens destinés aux femmes; ils les leur distri-
buèrent. Elles n'osèrent pas exprimer leur
joie; mais on la lisait sur leur visage. Elles
se hâtèrent de se parer de nos dons, et l'in-
stinct de coquetterie naturel aux femmes
leur fit attacher plus de prix que leurs maris
aux petits miroirs. Elles comprirent très-bien
leur usage, et s'en servirent pour arranger
nos tours de rassade, de la manière la plus
avantageuse, autour de leur cou, de leur
tête et de leurs bras.

Enfin, le signal du départ est donné; j'ai
frotté mon nez contre celui du roi, j'ai
ajouté à mes présens un paquet de clous et
un de boutons dorés, qu'il avait l'air d'en-

vier; je suis monté dans la pinasse, et, sous
la conduite du bon Parabéri, nous avons
repris le chemin du côté de l'île qui renfermait ceux que je brûlais de voir. Quelques
sauvages nous accompagnèrent dans leur pirogue; nous aurions préféré n'avoir que notre ami Parabéri; mais nous n'étions pas les
maîtres.

Poussés par un vent favorable, nous arrivâmes assez vite sur la plage que nous avions
quittée, et nous eûmes le plaisir d'y trouver
notre excellent missionnaire qui nous atten-
dait. « Venez, nous dit-il, vous allez bientôt
recevoir la récompense de votre dévoûment
conjugal et paternel; votre femme et vos deux
fils cadets vous attendent avec autant d'impatience que vous en avez de les revoir; ils
auraient voulu venir au-devant de vous;
mais votre femme est encore trop faible et
Jack trop souffrant. Ne vous alarmez pas,

votre femme se ressent de ses peines et boite
encore, votre fils a la fièvre de suppuration;
mais tous deux seront guéris lorsque vous
serez près d'eux. »

Je ne répondis rien, j'étais trop ému;
Fritz passa son bras sous le mien, moins
pour m'aider à marcher que pour se forcer
lui-même à ne pas prendre les devans. Ernest fit de même avec M. Willis. Le calme de
mon second fils plaisait au bon missionnaire;
il aimait aussi son goût pour l'étude et cherchait à l'encourager.

« Mon frère en J.-C., me dit-il doucement, après une bonne demi-heure de marche,
nous voilà très-près de la demeure hospita-
lière où vous allez retrouver des objets déjà
chéris, et d'autres qui méritent de l'être. Je
regardai autour de moi et je n'aperçus rien
qui ressemblât à une habitation; je ne voyais
que des arbres et des rochers, enfin j'aper-

çus un peu de fumée qui s'échappait à travers les arbres, et, presque au même instant,
je vis François qui guettait notre arrivée et qui
vint en courant au-devant de nous. « Maman
vous attend, » nous dit-il. Il nous fit entrer
sous un fourré d'arbrisseaux, assez épais pour
cacher entièrement l'ouverture d'une espèce
de grotte, où l'on ne pouvait entrer qu'en se
baissant, et qui ressemblait beaucoup à la
tanière de l'ours du revers de notre île. Une
natte de jonc en fermait l'entrée sans empêcher cependant le jour d'y pénétrer. François écarta la natte en entrant : « Maman,
nous voilà. » Au moment même une femme,
qui paraissait avoir tout au plus de vingt-cinq à
trente ans, d'une figure agréable et douce,
vint me recevoir. Elle était vêtue en entier
d'un habillement tout composé de feuilles de
palmier cousues ensemble, qui tenait depuis
le col jusqu'au bas de la jambe; ses bras seuls
étaient nus et très-beaux; ses cheveux blonds

étaient tressés et noués sur sa tête. « Soyez
le bien-venu, me dit-elle en me prenant la
main, vous serez tous les trois les meilleurs
médecins de ma pauvre amie.» Nous entrons :
mon Elisabeth, assise sur un lit de mousse et
de feuilles, me tendait les bras et versait d'a-
bondantes larmes; notre pauvre petit blessé
était couché à côté d'elle; une petite nymphe
de onze à douze ans tâchait de le soulever, un
de ses jolis bras était passé autour de lui, de
l'autre elle tenait ses mains. « Vois ton papa
et tes frères, Jack, lui disait-elle, tu es bien
heureux de les retrouver; je n'aurai pas ce
bonheur, mais ton papa sera le mien, et toi
mon frère. »

Jack la remercia par un baiser. Fritz et
Ernest, à genoux près de la couche, em-
brassaient leur mère; Fritz lui demandait
pardon d'avoir blessé son frère, embrassait
Jack, s'informait de sa blessure; et moi, qui

peindra ce que j'éprouvais? nulle langue ne
peut le rendre ! « Chère, chère Elisabeth ! »
était tout ce que je pouvais prononcer. Pauvre
Elisabeth, elle ne put supporter tant d'émotions et retomba sur son coussin de mousse,
à peu près sans connaissance. La jeune
femme, que j'entendis nommer madame Hirtel, s'approcha d'elle, lui donna ses soins.
Elle reprit ses sens, me présenta son amie
et les deux filles de madame Hirtel. L'aînée,
qui se nommait Sophie, âgée de douze ans,
était encore auprès de Jack; la petite Mathilde, qui en avait dix ou onze, jouait avec
Francois; le bon missionnaire, à genoux,
remerciait l'Être suprême de nous avoir réunis. « Et pour la vie ! s'écria ma femme. Cher
ami, j'étais bien sûre que tu irais me chercher; mais savais-je si tu pourrais jamais me
retrouver? à présent ne nous séparons plus
ni les uns ni les autres, ne quittons pas cette
parfaite amie, qui consent à nous suivre dans

l'île *Heureuse,* c'est le nom que je lui don-
nerai si j'ai le bonheur de m'y retrouv⬤
avec tout ce que j'aime au monde. Oh!
que Dieu est bon ! comme il sait tirer le bien
du mal ! ma cruelle épreuve m'a valu le premier des biens après celui d'être épouse et
mère, une amie et deux filles charmantes,
car nos deux familles n'en feront plus qu'une.»
Ce mot valut un baiser de Jack, à sa mère
d'abord, et ensuite à Sophie. Madame Hirtel me demanda aussi mon amitié pour elle
et pour ses enfans; on juge si elle lui fut
accordée. « Et pour compléter notre bonheur, dis-je au digne M. Willis qui s'était
rapproché de nous, il faut que vous me pro-
mettiez de visiter souvent l'île Heureuse, et
de vous y fixer lorsque votre mission sera
finie. — A condition, me répondit-il, que
de votre côté vous viendrez m'aider à l'accomplir, et que, pour y réussir, vous apprendrez, ainsi que vos fils, l'idiome de vos voi-

sins, car cette île est plus rapprochée de la
nôtre que vous ne le pensez. Vous avez fait
un grand détour pour y arriver; et Parabéri,
qui était de l'excursion, m'a assuré qu'avec un
bon vent on pouvait y aller dans une journée
en partant de cette pointe. Au surplus, vos
fils ont tellement gagné le cœur de cet honnête insulaire, qu'il ne veut plus vous quitter,
et m'a demandé la permission de vous suivre
dans votre île et d'y rester; il vous rendra
mille petits services, vous apprendra à tous
sa langue, et sera un moyen de communica-
tion plus intime entre nous. » J'en fus enchanté, et lui promis le bonheur de Parabéri
qui serait notre ami. Mais il n'était pas question de partir encore, M. Willis demanda
quelques jours pour achever la guérison de
son blessé. « Vous viendrez, me dit-il, loger
avec vos fils aînés dans ma hutte qui n'est
pas très-éloignée. » J'avais tant de choses à
demander et à apprendre que je ne savais

par où commencer; l'histoire de l'enlèvement de ma femme, celle de Jack et celle de
madame Hirtel, qui devait être bien intéressante. Elisabeth, trop faible encore pour
parler long-temps, demanda que celle-ci pas-
sât la première. La nuit arriva, le missionnaire alluma une lampe de calebasse qui
éclaira suffisamment le petit espace où nous
étions. Après une légère collation de fruits
d'arbre à pain, madame Hirtel commença sa
narration.

CHAPITRE LVII.

Madame Hirtel.

« Ma vie, nous dit-elle, n'offre aucun événement jusqu'à celui qui m'amena dans cette île. Mariée très-jeune à M. Hirtel, négociant à Hambourg, homme excellent, et que j'ai vivement regretté, je fus aussi heureuse qu'on peut l'être dans une union arrangée par mes parens, et sanctionnée par la raison. Trois enfans, un fils et deux filles vinrent encore resserrer nos liens, dans les trois premières années de mon mariage. M. Hirtel voyant sa famille s'augmenter aussi promptement, eut l'ambition d'augmenter aussi sa fortune ; on lui offrit un établissement avan-

tageux aux îles Canaries, il l'accepta, et obtint facilement de moi, de nous y établir en
famille pendant quelques années. Mes parens
étaient morts, aucun premier lien ne me retenait en Europe ; je partais avec mon mari
et mes enfans, j'allais voir des pays nouveaux, et ces belles îles fortunées dont j'entendais parler avec enthousiasme ; je partis
donc avec joie, bien loin de prévoir quelle
série de malheurs j'allais chercher.

» Notre navigation fut d'abord fort heureuse ;
mes enfans se portaient à ravir et s'amusaient
ainsi que moi, de tout ce qu'ils voyaient. J'a-
vais alors vingt - trois ans ; Sophie, ma fille
aînée, était dans sa septième année, Mathilde
dans sa sixième, et mon petit Alfred n'avait
pas encore cinq ans : il était l'idole de son
père, et le méritait par sa jolie figure et par
sa gentillesse ; il était aussi le favori de tout
l'équipage ; les matelots se disputaient à qui

l'aurait dans ses bras et jouerait avec lui. Pauvre enfant ! c'est ce qui a causé sa perte.... »
Elle garda un moment le silence, ses yeux se remplissaient de larmes, et son cœur était oppressé ; ma femme lui serra la main avec affection. Elle reprit d'une voix un peu altérée : « Il était blond comme votre François, mon cher Alfred ! et lui aurait ressemblé !» Ma femme aurait volontiers répondu : « Ah ! il sera aussi votre fils !.... » Je le lisais dans ses yeux, dans son regard maternel jeté sur les deux enfans assis sur la même natte. Madame Hirtel passa sa main sur les cheveux bouclés de mon fils, soupira, et continua.

« Un correspondant de mon mari, avec qui il avait des affaires d'intérêt assez considérables, demeurait à l'Ile-de-France ; il résolut d'y aller et d'y réaliser des fonds dont il avait besoin pour commencer son établissement à Santa-Cruz ; nous nous y rendîmes donc.

M. Hirtel reçut une somme qui composait à peu près toute sa fortune actuelle, et qu'il devait placer plus avantageusement.

» Nous nous rembarquâmes pour notre destination sous les plus heureux auspices ; le temps était superbe et le vent favorable ; mais il ne tarda pas à changer, et nous fûmes assaillis par une tempête et un ouragan terribles ; les matelots assuraient n'en avoir pas vu de semblables. Pendant plus de huit jours, notre vaisseau ballotté par des vents contraires, fut jeté dans des mers inconnues, perdit tous ses agrès, et finit par ne conserver aucun espoir de salut, faisant eau de tous les côtés.

» Dans cette extrémité, mon mari voulut essayer d'un dernier moyen pour nous sauver. Il nous attacha fortement mes filles et moi sur une planche ; je demandai en grâce que mon fils y fût aussi, mais son père, craignant qu'un poids de plus, quelque léger qu'il fût,

3. 6

n'ajoutât au danger, se défiant peut-être de
mes forces, voulut se charger seul de ce précieux enfant. Son intention était de s'attacher
aussi lui-même sur une seconde planche, de
la lier à celle qui nous portait, de prendre
son fils dans ses bras, et d'avoir ainsi la
chance d'arriver tous sur une terre qui ne
paraissait pas éloignée. Pendant qu'il était
occupé à nous placer, il avait remis son Alfred à un matelot qui aimait particulièrement
cet enfant. J'entendis qu'il disait à mon mari :
«Laissez-le-moi, je vous promets de le sauver;»
le père insista pour l'avoir, je criais aussi pour
qu'on me le donnât. Pendant ce débat, le vaisseau, qui, déjà penché sur le côté, achevait
de se remplir d'eau, s'enfonça davantage, et
fut enfin complétement submergé; il disparut
avec tout l'équipage. La planche sur laquelle
j'étais avec mes filles surnagea seule, et je ne
vis plus autour de moi que la mort et la
désolation. » Madame Hirtel s'arrêta, presque

suffoquée par le souvenir de cet affreux moment. «Pauvre, pauvre femme! disait la mienne en sanglottant. Il y a plus de cinq ans que ce malheur est arrivé. Ce fut aussi l'époque de notre naufrage, qui sans doute fut causé par la même tempête. Mais combien je fus plus heureuse ! je n'ai perdu aucun des miens , le vaisseau même nous est resté, et ce fut une grande ressource. Mais vous, malheureuse amie, quel miracle a pu vous préserver ? » Madame Hirtel leva au ciel ses beaux yeux pleins de larmes.

« C'est, dit le missionnaire, celui pour qui aucun miracle n'est impossible, qui prend soin de la veuve et de l'orphelin, et compte les cheveux de notre tête. Continuez, madame, dites-nous quelle force, quel courage il peut donner au cœur d'une mère chrétienne.

—Je l'avoue, reprit-elle, je fus bien près d'en manquer, lorsque après avoir été ballottée et

bercée par les vagues en fureur, je me vis
jetée sur ce que je crus d'abord être un banc
de sable, avec deux enfans de sept et de six
ans. Oh ! combien alors j'enviais le sort de
mon mari et de mon fils ! Avec quelle ardeur
j'aurais demandé à Dieu de les suivre, si je
n'avais pas été mère ! Mes deux filles étaient
inanimées à mes côtés, mais je vis qu'elles
respiraient encore, et je ne pensai plus qu'à
les sauver. Au moment où M. Hirtel lança la
planche à l'eau, il jeta dessus une boîte carrée
de fer-blanc, dont je m'emparai machinale-
ment, et que je tenais encore serrée lorsque la
planche s'arrêta ; elle ne fermait pas à clef, mais
assez fort cependant pour me donner beaucoup de peine à l'ouvrir, n'ayant pas mes
mouvemens libres ; j'en vins à bout cependant. Elle contenait quelques pièces d'or et
des billets de banque que je regardai à
peine. A quoi me servaient alors ces inutiles
richesses ? Mais ce qui en fut une véritable,

c'est que, dans le porte-feuille de maroquin
rouge qui renfermait les billets, il y avait
tous les petits meubles d'usage, tels que
couteau, ciseaux, crayons, outils à per-
cer, etc., et même un flacon plein d'une eau
spiritueuse, qui me fut bien utile pour mes
enfans. Je commençai par couper les petites
cordes qui nous attachaient; je fis ensuite
respirer et même avaler quelques gouttes
d'eau de Cologne à mes filles, je les en frot-
tai, et leur fis rendre l'eau salée. Le vent
soufflait toujours avec violence, mais les nuages se dissipèrent, le soleil parut, et nous
sécha, nous réchauffa. Mes pauvres petites
ouvrirent les yeux, m'embrassèrent, et, sur
cette plage déserte, j'éprouvai encore un vif
sentiment de bonheur. Mais combien celui
qui lui succéda fut cruel, quand les premiers
mots de Sophie et de Mathilde furent pour
demander leur papa et leur frère ! Je ne leur
dis pas qu'ils n'existaient plus, je cherchai à

me tromper moi-même, à conserver une
espérance, hélas! bien faible et bien illusoire,
mais qui servait au moins à soutenir mes
forces. M. Hirtel nageait bien, le matelot
mieux encore; je croyais entendre les derniers mots que j'eusse entendus, lorsqu'il disait à mon mari : *Soyez tranquille , je vous
promets de sauver ce cher enfant.* Tout ce
que je voyais flotter au loin faisait battre mon
cœur, je m'avançai sur la rive, et je n'aperçus que des débris que je ne pouvais pas même
atteindre. Quelques - uns cependant furent
poussés sur le rivage, et je pus m'en servir
pour en faire une espèce d'abri, en les ap-
puyant, ainsi que notre planche, contre un
quartier du roc : mes pauvres petites pouvaient être garanties, en se blottissant derrière, de la pluie, ou de l'ardeur du soleil.
J'avais eu le bonheur de conserver un cha-
peau de castor, très-enfoncé sur ma tête et
qui me rendait le même office; mais je n'en

étais pas encore à sentir mes jouissances, et lorsque mes filles me dirent qu'elles avaient faim, j'éprouvai vivement que tout me manquait. J'avais vu sur le rivage un coquillage ressemblant à des huîtres ou à des moules, j'allai les ramasser, et je parvins à les ouvrir avec mon couteau; je les leur fis avaler, j'en mangeai moi-même, et ce repas fut suffisant pour le premier jour. La nuit vint; mes filles firent leur prière du soir, et j'en joignis une bien ardente pour que Dieu vînt à notre secours. Je les arrangeai, aussi bien que je pus, sur notre planche, et je m'y couchai moi-même. Elles ne tardèrent pas à s'endormir; mais moi, malgré ma fatigue et mon abattement, je ne pus fermer l'œil. Si je perdais un instant mes idées, le bruit des vagues, se brisant sur le rivage, me les rendait bientôt; je me levais alors pour voir, à la clarté des étoiles, si elles ne m'amenaient point quelques consolateurs; je ne voyais rien que la vaste

mer qui avait englouti le soutien et le charme
de ma vie, mon époux et mon fils, et je re-
tournais auprès de ce qui me restait : puisque j'étais mère. encore il ne m'était pas per-
mis de désirer ma fin.

» Dès que le jour parut, je me levai pour
aller chercher au bord de la mer quelques
coquillages pour notre déjeuner. En marchant sur le sable je fus sur le point d'enfon-
cer mon pied dans un trou, et je crus
sentir quelque chose qui se cassait : je me
baissai, et mettant la main dans le trou, je m'a-
perçus qu'il était plein d'œufs ; j'en avais cassé
deux ou trois, que je goûtai et qui me parurent
excellens. A la couleur, à la forme et au goût,
je reconnus que c'étaient des œufs de tortue ; il
y en avait au moins soixante, ainsi je ne fus plus
en peine de notre nourriture. J'en pris dans
mon tablier autant qu'il me fut possible pour
les préserver de la chaleur du soleil ; je tâchai

de les conserver frais en les enfonçant dans
le sable et les recouvrant d'un bout de planche; j'y réussis assez bien; j'en retrouvais
d'ailleurs au bord de la mer autant que j'en
voulais; j'en ai trouvé à la fois jusqu'à quatre-
vingt-dix. Ils sont recouverts d'une couche de
sable si mince, qu'ils ne donnent nulle peine.
Ce fut notre seule nourriture, avec des huîtres,
tant que nous fûmes sur cette plage; mes enfans s'en trouvaient bien et les aimaient beaucoup. J'ai oublié de vous dire que j'eus le
bonheur de trouver assez près de nous un
ruisseau d'eau douce, qui se jetait dans la
mer; c'est le même qui coule au devant
de mon habitation et qui m'y a conduite; ce
fut pour moi un grand bonheur. Le premier
jour, avant cette découverte, je souffrais
beaucoup de la soif ainsi que mes enfans,
et ce ruisseau fut notre sauveur. J'abuserais
de votre patience si je vous racontais jour par
jour notre triste vie. Hélas! ils se ressem-

3. 7

blaient tous , et chacun d'eux emportait mes
espérances. Tant que je m'étais flattée de voir
arriver quelques consolations ou quelques secours, je n'avais pu me résoudre à m'éloigner du bord de la mer; mais enfin elle me
devint insupportable, sa vue seule m'inspirait
de l'horreur et du désespoir. Mes yeux fati-
gués ne pouvaient plus supporter cet horizon
sans bornes, et ce cristal mouvant, où l'espoir
de ma vie s'était englouti; je soupirais après
la verdure et l'ombrage des forêts. Quoique
j'eusse fabriqué à mes filles des espèces de
petits chapeaux de joncs marins, elles n'en
souffraient pas moins de l'extrême chaleur,
et des rayons ardens du soleil des tropiques.
Je me décidai enfin à abandonner cette
plage sablonneuse, à pénétrer à tout hasard
dans l'intérieur des terres pour y chercher de
l'ombre et de la fraîcheur, et à fuir cette mer
qui me rappelait si vivement mon malheur.
Je résolus de ne pas m'éloigner du ruisseau

qui m'était si nécessaire ; n'ayant aucun vase
pour contenir l'eau, je ne pouvais en emporter avec moi. Sophie, qui est naturellement
adroite, composa, avec une grande feuille,
une espèce de gobelet, qui nous servait pour
boire : je ne négligeai pas non plus de mettre
dans nos poches autant d'œufs de tortues
qu'elles purent en contenir.

» Ainsi munie de provisions pour les premiers jours, je me mis en marche avec mes
deux enfans, après avoir prié le Dieu de miséricorde de veiller sur nous, et je pris congé
du vaste tombeau qui recelait mon mari et
mon fils. Je ne m'éloignais pas assez du ruisseau pour le perdre de vue ; souvent quelque
obstacle m'empêchait de le côtoyer, et me
forçait à m'écarter, mais je le retrouvais
bientôt. Ma fille aînée, très-forte et robuste,
me suivait très - bien ; j'avais l'attention de
ne pas marcher trop long-temps sans me re-

poser; mais je fus obligée de porter souvent
sur mes épaules ma petite Mathilde. Toutes
les deux se trouvaient si heureuses à l'ombre des bois, et s'amusaient tellement des
beaux oiseaux dont ils étaient remplis et
d'un charmant singe vert, fort petit et fort
alerte, qu'elles avaient repris toute leur
gaîté. Elles chantaient, me disaient mille folies, mais me demandaient trop souvent si
Alfred et papa ne reviendraient pas bientôt
voir ces jolies bêtes, et si nous allions les
chercher. Ces propos déchiraient mon cœur;
je crus devoir leur dire alors qu'elles ne les re-
verraient pas ici-bas et qu'ils étaient allés tous
deux au ciel vers le bon Dieu, qu'elles priaient
matin et soir. Sophie resta pensive, et des larmes coulaient sur ses joues : « Je le prierai
plus souvent encore, me dit-elle, pour qu'il
rende bien heureux papa et Alfred, et qu'il
nous les renvoie. — Maman, dit Mathilde,
c'est pour aller aussi au ciel, n'est-ce pas,

que nous avons quitté la mer ? Y serons-nous
bientôt ? y verrons - nous de beaux oiseaux
comme ici ? » Nous cheminions toujours,
mais très-lentement, et nous reposant souvent ; la nuit s'avança, et il fallut songer à
trouver un gîte dans une espèce de bosquet
très-épais, où je ne pus parvenir qu'en me
baissant. Il était formé d'une espèce d'arbre
dont les branches pendent jusqu'à terre, y
prennent racine, en produisent bientôt d'autres qui font de même, et deviennent enfin un
fourré presque impénétrable. J'y trouvai cependant pour nous coucher une place qui me
parut à l'abri des invasions de bêtes ou d'hommes sauvages, que je redoutais également.
Nous avions encore quelques œufs, que nous
mangeâmes ; mais je prévoyais avec effroi le
moment où ils nous manqueraient, si je ne
trouvais pas à les remplacer par quelque autre
nourriture. Je voyais bien des fruits sur les
arbres, mais, ne les connaissant pas, je n'osais

céder aux désirs de mes enfans, qui me pres-
saient de leur en donner. J'apercevais bien
des noix de cocos au-dessus des palmiers, mais
elles étaient hors de ma portée, et quand
j'aurais pu les atteindre, je n'aurais pas su les
ouvrir. L'arbre sous lequel nous avions pris
notre asile était, autant que je pus en juger,
un figuier d'Amérique; il portait une quantité de fruits de la forme des figues d'Europe,
rouges et très-petites. Je hasardai d'en manger, je les trouvai moins bonnes que les nô-
tres, douces, fades; mais, autant que je pus
en juger, fort innocentes; je remarquai que
les petits singes verts en mangeaient avec
avidité, je n'eus plus aucune crainte, et je
laissai mes petites s'en régaler. J'appréhen-
dais bien davantage l'approche de quelque
animal malfaisant pendant la nuit; je n'avais
vu cependant qu'un charmant petit quadru-
pède ressemblant aux lapins et aux écureuils;
il y en avait en quantité, et, à l'approche de la

nuit, plusieurs se glissèrent sous nos branches.

Mes filles auraient bien désiré en prendre
un, mais je ne voulus pas avoir ce souci de
plus. Notre nuit fut tranquille; le chant des
oiseaux nous réveilla de bonne heure. Je
jouis de ne plus voir les vagues se briser sur
le rivage, et de sentir la fraîcheur des bois et
le parfum de mille fleurs charmantes, dont
mes filles firent des guirlandes qu'elles arrangèrent autour de leur tête et de la mienne.
Cette parure dans ce moment de deuil et de
dénûment me fit un effet singulier et pénible; j'eus la faiblesse de ne pas leur permettre cet innocent plaisir; j'arrachai ma guir-
lande et la jetai dans le ruisseau. « Cueillez
des fleurs, mes enfans, dis-je à mes filles,
mais ne vous en parez pas; ces ornemens ne
sont plus faits pour nous; votre père et votre
cher Alfred ne les verront pas. » Elles res-

tèrent tristes et pensives sans rien dire, mais elles ôtèrent leurs guirlandes qu'elles jetèrent aussi dans le ruisseau.

« Nous suivîmes son cours un peu plus loin, et nous passâmes encore cette nuit et la suivante sous des arbres. Nous eûmes le bonheur de trouver encore quelques figues, mais elles ne suffirent pas pour nous rassasier, et je n'avais plus d'œufs de tortues. Dans ma détresse, j'étais presque décidée, malgré l'horreur que j'avais pour la mer, à retourner sur ses bords, où je trouvais au moins cette nourriture. Assise au bord du ruisseau, je réfléchissais bien tristement à notre situation et au parti que je devais prendre, lorsque Sophie et sa sœur, qui s'amusaient à jeter des pierres dans l'eau, me dirent : « Regardez, maman, les jolis poissons. » Je vis en effet une quantité de petites truites saumonées qui descendaient et remontaient le ruisseau ; mais comment les

prendre? J'essayai de me baisser et d'en saisir, elles m'échappaient toujours. Enfin il me
vint une idée qui me réussit; tant il est vrai
que la nécessité est la mère de l'industrie ! je
coupai avec mon couteau une quantité de branches d'arbustes, et je les entrelaçai ensemble de manière à en faire une espèce de claie
très-claire de la largeur du ruisseau, assez
étroit à cette place ; j'en arrangeai deux : mes
filles m'aidèrent et furent bientôt aussi habiles
que moi. Quand elles furent faites, je me déshabillai; mes filles en firent autant; nous en-
trâmes dans le ruisseau et prîmes un bain
délicieux, qui nous redonna des forces. Je
plaçai une des claies debout dans la largeur
du ruisseau, et j'allai mettre la seconde de
même un peu plus bas. Les poissons qui se
trouvèrent entre ces deux obstacles voulurent
passer au travers de nos claies, que j'avais
faites assez serrées pour les retenir. Nous les
attendions au passage de l'autre côté de la

claie ; beaucoup nous échappèrent, mais nous en prîmes assez pour être rassasiées à notre dîner ; nous les jetions à mesure sur l'herbe, assez loin du bord du ruisseau pour qu'ils ne pussent y rentrer. Mes filles en auraient pris plus que moi, mais ma sensible Sophie les remettait dans l'eau pour leur faire plaisir, disait-elle, et Mathilde pour les voir sauter. Quand j'en eus assez pris, je retirai mes claies, nous nous rhabillâmes, et je pensai à faire cuire ma pêche ; mais pour cuire il faut du feu, et je n'en avais jamais allumé moi-même. Cependant j'avais souvent vu M. Hirtel, qui était fumeur, allumer sa pipe avec un briquet ; il y en avait un dans la précieuse caisse, avec de l'amadou et des allumettes. J'essayai, et après quelques essais, l'amadou s'alluma. J'avais encore là quelbranches de mes claies ; mes enfans m'apportèrent des feuilles sèches, et j'eus bientôt un feu vif et brillant qui, malgré la chaleur du climat, me fit plaisir à voir. J'ôtai avec mon couteau les écailles de mes truites, je les lavai bien dans le ruisseau et les mis ensuite rôtir sur la braise. C'était mon apprentissage en fait de cuisine. Je pensai combien il était utile-dans l'éducation des jeunes demoiselles de leur en donner quelque idée : qui peut prévoir dans quelle situation elles se trouveront? Ce dîner européen nous fit plaisir, ainsi que le bain et la pêche qui l'avaient précédé. Décidée alors à m'établir auprès du ruisseau, et sous l'ombrage des figuiers, je ne devais être retenue que par la crainte de manquer le passage de quelque vaisseau qui pouvait nous ramener en Europe. Mais pourrez-vous me comprendre, quand je vous avouerai qu'abattue par la douleur et n'ayant plus aucun soutien, ayant perdu mon mari mon fils et notre fortune, forcée pour vivre et pour élever mes filles d'avoir recours à la bienfaisance de quelques amis ; obligée

pour les retrouver d'exposer mes enfans aux
dangers d'une navigation qui me faisait fré-
mir, je préférais rester où le sort et la Providence m'avaient jetée, y vivre heureuse
sans avoir obligation à personne de mon
existence. J'aurais sans doute beaucoup de
peine à la soutenir cette existence qui ne
m'intéressait que pour mes enfans, mais
cette peine même était une occupation, une
distraction. Mes filles apprendront de bonne
heure à supporter les privations, à se con-
tenter d'une vie simple et frugale, à travail-
ler pour se la procurer. N'ayant aucun objet
de comparaison, elles ne seront ni humi-
liées ni envieuses, et ce seul bien n'en vaut-
il pas beaucoup d'autres ? je leur apprendrai
le peu que je sais, au moins ce qui pourra
leur être utile, et l'étude de notre sainte religion sera la première que je graverai dans
leur jeune cœur. N'ayant aucunes distractions
du monde, ne voyant, n'entendant que leur

mère, qui les ramènera sans cesse à cette pensée, je puis espérer qu'elle se gravera dans
leur âme, et qu'elles y puiseront les vertus
qui leur sont si nécessaires, la résignation,
la soumission, le contentement d'esprit :
quant à leur avenir, je ne m'en inquiétais pas
encore. Mariée à l'âge de quinze ans, je n'en
avais alors que vingt-trois; j'étais assez jeune
pour me flatter, avec l'aide de Dieu, de ne
pas les laisser de long-temps orphelines ; et
dans quelques années qui sait ce qui peut
arriver?... Je n'étais d'ailleurs pas assez éloignée de la mer pour ne pas y retourner quelquefois, ne fût-ce que pour chercher des œufs
de tortues et des huîtres, lorsque je n'aurais
plus rien à manger. Je restai donc sous mon
figuier pendant la nuit, et le jour au bord de
mon ruisseau.

— Oh! s'écria ma femme, c'est aussi sous
un figuier que j'ai passé quatre heureuses

années de ma vie, avec mes chers enfans, bénissant tous les jours le ciel de nous avoir placés dans une agréable retraite, loin des vices et du bruit du monde. — Chère amie, sans nous connaître, notre sort et nos cœurs étaient déjà à l'unisson. — Désormais ils ne seront plus séparés. »

Elles s'embrassèrent tendrement; la soirée était déjà avancée. Madame Hirtel ou Emilie, et par abréviation Mimi, c'est le nom que ses enfans lui donnaient souvent, nous fit observer qu'après tant d'émotions, ma femme devait avoir besoin de repos : elle en convint, et nous remîmes au lendemain la fin de l'histoire de l'aimable solitaire.

Mes fils aînés et moi nous suivîmes le bon missionnaire dans ce qu'il appelait sa hutte. C'était une case dans le genre du palais du roi; mais plus petite, formée de bambous

serrés les uns contre les autres, avec de la
mousse et de la terre grasse entre deux, qui
formait une cloison assez solide et recou-
verte de même. Une natte étendue dans un
coin formait son lit, sans couverture; mais
il nous montra une peau d'ours qui lui en
servait l'hiver, et qu'il étendit par terre pour
nous; j'en avais remarqué une semblable
dans la grotte de madame Hirtel; il nous dit
que le lendemain nous apprendrions l'histoire de ces peaux, liée à celle d'Emilie. En
attendant, nous nous couchâmes dessus, après
une superbe prière de M. Willis; et, pour la
première nuit depuis l'enlèvement de ma
femme, je jouis entre mes deux fils d'un
sommeil doux et paisible.

La tortue est un animal amphibie, vivant dans l'eau et
sur la terre; sa structure est singulière; elle est couverte
en entier d'une écaille mobile, solide, voûtée, faite en

écu son et marbrée de diverses couleurs. On n'aperçoit
de l'animal que la tête, qui ressemble à celle du serpent;
sa queue et ses pattes ressemblent à celles du lézard. Cette
écaille, qui la recouvre en entier, est un rempart impénétrable au corps de l'animal, et fournit une retraite
sûre aux parties découvertes qu'il rentre en dedans au
moindre danger. Cette cuirasse de la tortue est si forte,
qu'un carrosse pourrait passer dessus sans la casser ou
l'aplatir; on n'y parvient qu'au moyen de fers ou d'eau
bouillante. Il y a des tortues terrestres et d'autres ma-
ritimes; ces dernières ne diffèrent des autres que par
leur grosseur qui est quelquefois énorme, par leurs pieds
faits pour nager, et par leur tête qui se termine en bec
de perroquet. Des voyageurs assurent en avoir vu d'une
telle grosseur, que douze ou quatorze hommes pouvaient
être à la fois sur son écaille, que l'on nomme carapace,
et qui peut servir de barque. Les pêcheurs prennent les
tortues en les renversant sur le dos pendant qu'elles dor-
ment sur la surface de l'eau. Lorsqu'elles sont ainsi ren-
versées elles jettent de profonds soupirs, et versent des
larmes en abondance. Leur fertilité est très-grande; une
tortue pond de quinze en quinze jours de soixante à
quatre-vingts œufs à la fois, et trois cents au moins par
années; elles les pondent dans un trou qu'elles font
avec leurs pattes, sur le sable, au-dessus de l'endroit où

les vagues arrivent; elles les couvrent trés-légèrement pour que le soleil les réchauffe; ils sont gros comme une pomme, la coquille est comme du parchemin, l'intérieur comme celui des œufs de poules.

(Valmont de Bomare. *Dictionnaire d'histoire naturelle.*)

~~~~~~

CHAPITRE LVIII.

Suite de l'histoire d'Emilie.

Nous revînmes de bon matin à la grotte, et
nous eûmes le plaisir d'apprendre que nos
chers malades éprouvaient un mieux sensible. Ma femme avait bien dormi. M. Willis
pansa la blessure de Jack, et la trouva en
bon état. Madame *Mimi* dit à ses filles de
préparer le déjeuner; elles sortirent et rentrèrent bientôt avec une femme sauvage et
un petit garçon de quatre ou cinq ans, qui
portaient dans des paniers de jonc très-ar-
tistement tressés toutes sortes de fruits, des
figues, des goyaves, des fraises, des cocos, etc.,
et de ceux de l'arbre à pain. « Il faut, dit
Emilie, que je vous présente le reste de ma

famille, qui aussi doit faire partie de la vôtre;
voilà *Canda*, la femme de votre ami *Parabéri*; et voici leur fils *Minon-Minou*, qui
est aussi le mien; votre chère Elisabeth les
aime déjà, et je vous demande pour eux
votre amitié; ils nous suivront dans l'île
Heureuse.

— Et si vous saviez, dit François, comme
Minon est gentil, comme il sait déjà grimper
aux arbres, courir, sauter; bien qu'il soit plus
petit que moi, il sera également mon bon
ami.

— Notre ami à tous, s'écria Jack. — Et
la bonne Canda, dit Elisabeth, sera notre
aide et notre amie. » Elle lui serra la main,
je fis de même et j'embrassai le petit Minon-
Minou, qui me le rendit de tout son cœur, et
à ma grande surprise me parla très-bon allemand; la mère savait aussi plusieurs mots de
cette langue. Ils s'occupèrent ensuite de no-

tre déjeuner, ouvrirent les cocos, et versè-
rent le lait dans l'écale, après avoir séparé
l'amande ; rangèrent les fruits sur un tronc
d'arbre, qui servait de table et firent grand
honneur au talent de leur institutrice.

« J'aurais voulu vous offrir du café, dit
madame Hirtel, car il en croît dans cette île,
et peu loin de ma demeure ; mais, n'ayant aucun ustensile pour le griller, le moudre et
le faire cuire, il m'a été bien inutile, et je n'ai
pas même essayé d'en récolter.

— Crois-tu, mon cher ami, qu'il en vien-
drait dans notre île ? me dit ma femme avec
vivacité.

— Sans aucun doute, lui répondis-je, et
nous en emporterons des plants quand nous
partirons. » Seulement alors je me rappelai
que le café était en Europe ce que ma femme
aimait le mieux, et son déjeuner ordinaire.

Il y en avait sûrement, dans notre vaisseau, des sacs que j'aurais pu prendre; je n'y avais pas pensé, et mon excellente compagne, n'en voyant point arriver, avait eu la discrétion de ne pas m'en parler; une seule fois elle regretta de n'en point avoir pour semer dans son jardin.

Quand elle eut la possibilité d'en avoir elle nous avoua que c'était, avec le pain, presque la seule gourmandise qu'elle eût regrettée. Je lui promis de faire tout mon possible pour l'acclimater dans notre île; mais en la prévenant que, selon toute apparence, il ne serait pas de la première qualité, et qu'elle ne devait pas s'attendre à boire du moka; mais la longue privation de cette boisson délicieuse l'avait rendue moins difficile; elle m'assura que ce serait toujours un vrai régal.

Après notre déjeuner nous priâmes ma-

dame Hirtel de reprendre son intéressante
narration. Elle y consentit :

« Après la réflexion dont je vous ai fait
part hier au soir, nous dit-elle, et que vous
avez bien voulu comprendre, je me déter-
minai à ne retourner au bord de la mer que
lorsque j'y serais forcée par le manque de
nourriture; mais j'appris à m'en procurer
de plusieurs manières. Encouragée par le
succès de ma pêche, je fis des espèces de
filets avec des filamens d'écorce d'arbre, et
d'une espèce de plante ressemblant au chan-
vre, au moyen desquels je pris plusieurs oiseaux, un entre autres ressemblant à nos
grives, très-gras et d'un goût exquis. J'eus
plus de peine à surmonter ma répugnance à
leur ôter la vie; il ne fallait pas moins que
le désir et l'obligation de conserver notre
existence; mais je les faisais souffrir le moins
qu'il m'était possible; mes filles les plu-

maient, je les enfilais ensuite dans une branche mince, et je les faisais rôtir ainsi devant
le feu. Je trouvai aussi des nids remplis
d'œufs, que je jugeai être des œufs de canes
sauvages que je voyais souvent voler au-dessus
de notre ruisseau. Je me familiarisai avec les
fruits dont les singes et les perroquets mangeaient, et qui n'étaient pas placés assez haut
pour qu'il nous fût impossible de les atteindre.
Je trouvai une espèce de glands semblables
à des noisettes et qui en ont le goût. Mes
petites découvrirent de grosses fraises, ce
qui fut un vrai régal; et je trouvai dans le
creux d'un arbre de beaux rayons de miel
que je pus prendre avec un tison fumant, au
moyen duquel j'endormis les abeilles.

» J'avais soin de marquer tous les jours sur
les feuillets blancs de mon porte-feuille; je
parvins au trentième depuis que j'avais commencé ma vie errante sur les bords du ruis-

seau, dont je ne m'éloignai jamais assez pour ne plus l'entendre murmurer. Cependant j'avançais toujours davantage dans l'intérieur de l'île; je n'y avais fait encore aucune rencontre qui pût m'alarmer, et nous avions eu le temps le plus favorable; mais nous ne jouîmes pas long-temps de ce bonheur. La saison des pluies arriva, et je ne puis vous peindre mon désespoir, lorsque je l'entendis une nuit tomber par torrens. Je n'étais plus sous notre épais figuier, qui nous aurait garantis plus long-temps; l'arbre sous lequel je m'étais établie m'avait tentée par des espèces de réduits entre les racines, remplis de mousse, et qui formaient de très-bons lits naturels; mais le feuillage était léger, et bientôt nous fûmes inondées. Je me couchai un peu plus près de mes pauvres petites, pour les préserver; mais je ne voulais pas non plus les étouffer, et bientôt elles furent aussi mouillées que moi; notre réduit se remplit d'eau, et il nous fut impossible d'y rester; mais nous ne fûmes guère mieux levées; nos vêtemens, complétement mouillés, étaient devenus pesans. La nuit très-obscure ne nous permettait pas d'apercevoir un seul chemin : nous courions le risque de tomber ou de nous heurter contre quelque arbre. Mes filles fondaient en larmes, et moi de même; je tremblais pour leur santé, et pour la mienne qui leur était si nécessaire : je compte cette nuit comme un des plus affreux momens de mon pélerinage. Je tombai à genoux, mes enfans m'imitèrent; je leur dis de prier le bon Dieu de nous secourir; il me semblait que leur innocence aurait plus d'efficace. J'offris la soumission la plus entière à la volonté de notre Père céleste, lui demandant avec ardeur la force de soutenir cette épreuve, s'il lui plaisait de la prolonger. Oh ! qu'on ne nie pas le bien qu'on reçoit de la prière faite avec confiance et résignation; je

l'éprouvai à l'instant même, je me relevai
plus forte, plus courageuse, et, quoique la
pluie tombât toujours par torrens, j'éprouvai un bien-être intérieur, une confiance entière en la bonté de notre Père céleste, qui
prévint tout murmure, et me fit supporter
notre situation actuelle avec patience, et avec
l'espoir qu'elle changerait bientôt. Je le dis à
mes filles qui déjà étaient consolées. Sophie
m'annonça qu'elle avait aussi demandé à son
papa, qui était près du bon Dieu, de le
prier de faire cesser la pluie et de nous renvoyer le soleil.

« Est-ce qu'il pleut aussi dans le ciel, me
demanda Mathilde? je crois bien que oui,
puisque c'est du ciel que l'eau tombe; mais
sans doute Alfred et papa sont dans la maison du bon Dieu, et ont des habits secs pour
se changer quand ils sont mouillés.

— Je ne sais pas ce qu'ils ont, chère pe-

tite, lui répondis-je ; mais je sais que quand
on est avec Dieu, et qu'on l'aime de tout
son cœur, on est toujours bien et il ne vous
manque rien. Il viendra aussi à votre secours,
soyez-en sûres.

— Je suis déjà toute accoutumée à la
pluie, dit Sophie ; si seulement tu voulais
nous permettre d'ôter nos robes, il nous
semblerait que nous sommes dans le ruisseau où l'on est si bien. » J'y consentis, pensant que cela leur ferait moins de mal que
leurs vêtemens mouillés, qui se colaient sur
leur corps et les empêchaient de marcher.

» Le jour commençait à paraître, et j'étais
décidée à marcher sans nous arrêter pour
nous réchauffer par le mouvement, et à
tâcher de trouver une grotte, un arbre
creux ou un feuillage épais pour nous mettre
à l'abri pendant la nuit suivante.

» Je déshabillai mes petites; je fis un paquet de leurs vêtemens, que je voulus porter; mais ne le trouvant pas trop pesant pour leurs forces, je crus qu'il valait mieux les accoutumer à la peine, aux fatigues, aux travaux qui seraient leur partage, et à n'attendre de services que d'elles-mêmes; je divisai donc mon paquet en deux portions inégales : l'aînée était d'une force remarquable, je lui donnai le plus gros, et à Mathilde seulement leurs deux chemises; je nouai ces deux paquets, j'y passai une branche légère, et leur montrai à la soutenir sur leurs épaules.

» Quand je les voyais marcher ainsi devant moi dans le costume des sauvages, leur petit corps si blanc, exposé à tous les élémens, je ne pouvais retenir mes larmes. « Voilà donc, pensais-je, la vie à laquelle leur mère les condamne. » J'avais alors le désir de retourner vivre au bord de la mer, dans l'espoir in-

certain d'y voir arriver quelque vaisseau ;
mais j'en étais trop éloignée pour y songer
dans ce moment. Je continuai donc à marcher
avec plus de peine que mes filles, qui n'a-
vaient gardé que leurs souliers et leur cha-
peau de joncs. Je portais la précieuse boîte
de fer-blanc, dans laquelle j'avais pu mettre
quelques restes de notre souper de la veille,
qui nous furent très - utiles. Il n'y avait pas
moyen de pêcher ou de chasser.

» Cependant le jour s'avançait, la pluie
diminuait, et même le soleil parut sur l'horizon. « Voyez, mes enfans, leur dis-je ; Dieu
vous a entendues, il nous envoie son bon soleil pour nous sécher et nous réjouir ; il faut
le remercier. — Et aussi papa qui le lui a demandé, dit Mathilde ; oh ! s'il voulait aussi
nous envoyer Alfred. » La pauvre enfant aimait beaucoup son frère, et le regrettait sans
cesse. A présent encore, on ne peut lui en

parler sans faire couler ses larmes. Quand
les sauvages nous amenèrent François, elle
crut d'abord que c'était lui. « Oh ! comme tu
as grandi au ciel ! lui dit - elle ; » et depuis
qu'elle a su que ce n'était pas son frère, elle
lui dit souvent : « Je voudrais que tu t'appe-
lasses Alfred, » et lui donne quelquefois ce nom
chéri. Pardon si j'entre dans de trop longs
détails peut-être de ce temps de douleurs,
qui avait aussi ses jouissances : chaque déve-
loppement de mes enfans, chaque mot, chaque pensée en était une réelle pour moi. Je
formai en idée des plans pour leur éducation
lorsque nous aurions trouvé un asile plus sûr.
Sans doute tout ce qui tenait aux arts et aux
sciences devait leur être bien inutile, et je
n'aurais pu le leur enseigner: mais, ignorant le
sort qui leur était réservé, je ne voulais pas
non plus les élever comme des petites sauvages ; je voulais au moins qu'elles sussent
lire, écrire et compter, et leur donner quel-

ques idées plus justes de ce monde, et de celui qui nous attend, que celles que se formait leur esprit enfantin.

» Dès que le soleil, qui devint très-fort, eut bien séché leurs vêtemens, je les leur fis remettre, et leur donnai, à cette occasion, une petite leçon sur la première vertu de leur sexe, la modestie et la pudeur.

» En suivant toujours le cours du ruisseau, nous arrivâmes au bosquet qui est au-devant de ce rocher ; j'y pénétrai en écartant les branches, et je vis au-delà l'ouverture de cette grotte très-basse, assez étroite, mais, qui ne m'en fit pas moins jeter un cri de joie: c'était ce que je désirais trouver, et la seule demeure qui pût nous mettre tout-à-fait à l'abri. J'allais y entrer inconsidérément, et sans penser qu'elle pouvait renfermer quelques animaux dangereux, lorsque j'en entendis sortir un cri plaintif, ressemblant plus au

cri d'un enfant qu'à celui d'une bête sauvage;
je m'arrêtai alors, j'écartai mes filles qui
voulaient aussi y entrer, et, m'avançant avec
plus de précaution, je tâchai de découvrir
quelle espèce d'être habitait cette grotte. Oh !
mes amis ! c'était un être humain, un petit
enfant dont je ne pus distinguer l'âge, mais
qui ne pouvait encore marcher, étant d'ailleurs emmaillotté dans des feuilles et de la
mousse, et fortement attaché à un morceau
d'écorce ; cette écorce était déchirée en plusieurs endroits. Le pauvre enfant poussait
des cris lamentables ; je ne balançai plus à
entrer, et à relever cette innocente créature :
l'enfant s'apaisa dès qu'il sentit la chaleur de
ma joue ; mais je m'aperçus qu'il cherchait à
manger, et je n'avais, hélas ! rien à lui donner
que quelques figues dont j'exprimai le jus dans
sa bouche ; il parut l'avaler avec plaisir ; je le
berçai doucement entre mes bras, et il ne
tarda pas à s'endormir ; je pus alors l'exami

ner à mon aise, ainsi que le réduit où je l'avais trouvé. A la grosseur de sa tête, à sa longueur et à ses traits formés, je le jugeai plus âgé que la manière dont il était emmaillotté ne pouvait le faire croire; mais il me semblait avoir lu que les femmes sauvages portent ainsi leurs enfans jusqu'à ce qu'ils sachent marcher. Le teint de cet enfant était olivâtre, et sans couleurs; j'ai su depuis que c'était la teinte naturelle de ces indigènes, avant qu'ils aient senti l'influence du soleil, qui leur donne une couleur cuivrée; les traits n'avaient rien de difforme; les lèvres seules étaient plus épaisses et sa bouche était plus grande que celles des Européens. Mes deux petites le trouvaient charmant, et lui faisaient mille caresses; je leur laissai le soin de le bercer doucement dans son écorce, et je fis le tour de la caverne qui allait devenir mon palais, car, dès ce moment, je résolus de l'habiter, et en effet je ne la quittai plus. Vous le voyez,

sa forme n'a pas changé ; mais depuis que le
ciel m'a envoyé un ami, dit-elle en regardant
le missionnaire , elle s'est embellie de quelques meubles et ustensiles, que je n'avais pas
d'abord, et qui m'ont rendue bien heureuse.
J'en reviens au premier moment.

» La grotte était assez grande et de forme
irrégulière. Dans cet enfoncement je trouvai,
avec surprise, un grand hamac de feuilles
sèches, de mousse, de petites branches qui paraissaient arrangées avec soin ; cela m'inspira
une espèce d'effroi. Cette grotte était - elle
habitée par des hommes ou par un animal ?
Que ce fût l'un ou l'autre, n'était-il pas dangereux d'y rester? La présence de l'enfant
me rassurait ; c'était sans doute la mère qui
habitait cette caverne. « Elle me retrouvera
soignant son enfant, pensai-je, et ne refusera
pas de partager son asile avec moi et les miens.
Nous ne comprendrons pas nos langages, mais

les cœurs de deux bonnes mères s'entendent toujours. » Je ne savais cependant comment expliquer qu'elle fût sortie, laissant son enfant par terre au milieu d'une grotte ouverte.

» J'étais à réfléchir là-dessus, incertaine si je devais rester ou sortir, quand des hurlemens que je ne pus définir se firent entendre au loin ; il s'y mêla des cris d'effroi de mes enfans qui vinrent se jeter dans mes bras et m'apportèrent le petit sauvage, qui, fort heureusement, ne se réveilla qu'à demi, et se rendormit bientôt en suçant une figue. Je le posai doucement sur le tas de feuilles. Je dis à mes filles de rester auprès de lui dans un coin obscur ; puis, me glissant avec précaution, je m'approchai assez de l'ouverture pour pouvoir examiner, sans être vue, ce qui se passait au dehors. Non-seulement les cris redoublaient, mais ils s'approchaient au point de me causer les plus vives alarmes : j'entrevoyais déjà, au travers des arbres, une foule d'hommes armés

d'une espèce de lance longue et pointue, de
massues et de pierres ; ils paraissaient furieux,
et vous jugez si la pensée qu'ils entreraient
peut - être dans la caverne, me glaçait de
terreur. J'eus l'idée d'aller prendre l'enfant
sauvage et de le tenir dans mes bras, pensant que ce serait ma meilleure défense ; mais
cette fois j'en fus quitte pour la peur. La
troupe entière passa au-delà du petit bois, en
courant, sans même regarder du côté de la
grotte ; ils avaient l'air d'observer des traces
sur le terrain et de les suivre ; j'entendis long-
temps encore leurs hurlemens ; enfin ils ces-
sèrent et je fus plus tranquille ; mais la crainte
de les rencontrer l'emporta encore sur celle
de les voir entrer dans la grotte, et même sur
la faim. Je n'avais plus rien dans ma boîte
de fer-blanc que quelques figues que je ré-
servais pour le petit sauvage, puisqu'il s'en
contentait, et je déclarai à mes filles qu'elles
se coucheraient ce soir-là sans souper. Le

petit dormeur les amusait tellement, qu'elles
consentirent de bon cœur à lui faire le sacrifice des figues. Il se réveilla, mais sans
pleurer, et nous sourit même avec la plus
plaisante petite mine. Mes filles lui donnaient
des figues à sucer, et moi je voulus l'ôter de
son écorce pour le mettre à l'aise; ce fut
alors que j'aperçus sur ce morceau d'é-
corce des marques visibles des dents d'un
animal; elle était même déchirée à quelques
places et la peau de l'enfant légèrement
effleurée. Je n'avais point d'eau pour le laver,
mais le ruisseau coulait si près, que je crus
pouvoir, sans danger, le porter jusque là.
J'y allai en ordonnant à mes filles de rester
dans la grotte. Je plongeai deux ou trois fois
dans l'eau cette petite créature, qui était un
garçon; il paraissait s'y plaire, et je me hâtai de revenir dans la caverne, éloignée au
plus, comme vous le voyez, de vingt pas;
j'y trouvai Sophie et Mathilde, enchantées

d'une découverte qu'elles venaient de faire
dans un coin de la grotte, sous des feuilles sèches et de la mousse. Elles y avaient trouvé
des fruits de diverses espèces, quelques-uns
entamés, d'autres entiers, des racines de je
ne sais quelle plante, et enfin des morceaux
de beau miel, en assez grande quantité, dont
les petites friandes s'étaient déjà régalées.
Elles se hâtèrent d'en donner à sucer avec
leurs doigts à leur poupée, c'est ainsi qu'elles
appelaient le petit sauvage. Cette trouvaille
me laissa beaucoup à penser. Serait-il possible que nous fussions dans l'antre d'un
ours! Je me rappelai avoir lu qu'ils enlè-
vent quelquefois des enfans et qu'ils aiment
passionnément le miel et les fruits, dont ils
font des provisions dans leur tanière. Je remarquai sur le sol de celle-là, et surtout à
l'entrée où le terrain était humecté par la
pluie, des empreintes de grosses pattes, qui
ne me laissèrent aucun doute. Si ma conjec-

ture était fondée, l'animal reviendrait sûrement à son gîte; et nous courions le plus grand danger en y restant; mais où aller? le ciel couvert de nuages annonçait le retour du déluge de la veille; la troupe de sauvages errait peut-être encore dans l'île. Je n'avais pas le courage de tenter de sortir à l'entrée de la nuit avec mes enfans, car je n'aurais certainement pas laissé mon petit protégé qui s'était endormi paisiblement après avoir sucé son miel et ses figues. Ses deux petites bonnes, qui étaient couchées à ses côtés sur le lit de feuillages, l'imitèrent bientôt; mais moi, je ne pus jouir d'aucun repos, le bruit du vent agitant le branchage des arbres, celui de la pluie tombant sur les feuilles, le murmure du ruisseau, les pas légers des kangurous regagnant leur asile, tout faisait battre mon cœur de crainte et d'effroi; tout me paraissait être l'ours revenant nous dévorer. J'avais coupé et cassé quelques branches pour

les mettre au-devant de l'entrée, mais cette
faible barrière ne pouvait nous préserver
long - temps d'un animal en fureur, affamé
peut-être ; et lors même qu'il ne ferait aucun
mal à mes enfans, il les tuerait par l'effroi que
leur donnerait sa présence.

» J'allais et venais sans cesse dans l'obscu-
rité, de l'entrée au lit de feuilles où dor-
maient paisiblement les trois enfans. Oh!
combien j'enviais l'insouciance et la sécurité
de cet âge ! j'entendais à leur respiration
égale et douce combien leur sommeil était
tranquille. Notre petit noiraud, réchauffé
entre mes deux filles, ne se réveilla pas, et le
jour parut sans qu'il nous fût rien arrivé de
fâcheux ; alors tout mon petit monde se réveilla et cria famine. Nous mangeâmes du
miel et des fruits apportés par l'ami inconnu,
et nous en fîmes manger à notre nouvel
hôte. Mes filles lui donnèrent amicalement le

nom de Minou, et vous voyez qu'il lui est resté.

» Je m'occupai de sa toilette; il pleuvait tellement que je n'eus pas besoin d'aller au ruisseau pour le baigner; je l'enveloppai ensuite dans le tablier de Mathilde, qui fut très-fière de cette préférence. Elle et sa sœur inventaient mille moyens d'amuser leur petit nourrisson, et dès que la pluie cessa elles s'échappèrent pour aller cueillir des fleurs dont elles voulaient le parer.

» Elles étaient à peine dehors que j'entendis le bruit des sauvages ; cette fois c'était plutôt des cris de joie ou de triomphe; ils chantaient, ils répétaient l'un après l'autre une espèce de refrain; ils étaient encore assez loin pour que je pusse rappeler mes filles et les faire rentrer, comme j'avais fait la veille. Je pris Minou avec moi pour me servir de défenseur, et je me plaçai de ma-

nière à voir sans être vue, étant cachée par
un angle de rocher. Ils passèrent encore devant le petit bois, armés comme la veille;
mais deux d'entre eux portaient au bout de
leur lance quelque chose de très-gros, noir
ou brun; je ne pus distinguer ce que c'était;
peut-être la dépouille de quelque bête sauvage; et d'après mon idée c'était celle de
l'ours. J'aimais à me flatter qu'ils avaient pris
celui que je craignais si fort de voir arriver.

» A la suite des guerriers, sauvages était
une femme nue, échevelée, remplissant l'air
de ses cris, et se meurtrissant, se déchirant
le visage et le sein. Personne ne l'empêchait
de se maltraiter ainsi, seulement un de ceux
qui portaient l'étendard noir venait, de temps
en temps, le lui montrer, et l'étendre devant
elle; alors elle entrait dans une espèce de
fureur, se roulait dessus, cherchait à le dé-

chirer avec ses ongles et ses dents; elle me fit
à la fois horreur et pitié.

» Cette femme, mes amis, était Canda
que vous venez de voir, Canda ordinairement si douce, si bonne, rendue frénétique
par la perte de son enfant, son premier né
qu'elle croyait dévoré par l'ours. Son mari,
Parabéri, s'efforçait en vain de la consoler;
lui-même était bien malheureux. Ces ours,
ainsi que je l'appris depuis, car ils étaient
deux, étaient descendus des montagnes aux
pieds desquelles Parabéri possédait sa case.
Marié depuis un an et demi avec Canda, ils
avaient ce fils qu'ils chérissaient; suivant la
coutume des sauvages elle l'avait attaché sur
une écorce et le portait toujours sur son dos.
Un matin, après l'avoir baigné dans le ruisseau dont la source n'est pas loin de leur
cabane, elle le posa un instant sur l'herbe,
forcée de se livrer à quelques soins de mé-

nage; bientôt elle entend ses cris accompagnés d'une espèce de mugissement; elle ac-
court et voit une affreuse bête, tenant dans
sa gueule son enfant qu'elle emportait avec
rapidité. Il est déjà à plus de vingt pas d'elle;
ses cris perçans attirent son mari, elle lui
montre de la main l'horrible ravisseur, et s'é-
lance après lui, résolue de périr ou de lui
arracher son fils. Son mari ne se donne que
le temps de saisir sa sagaïe, vole sur leurs
traces et ne peut rejoindre sa femme que
lorsque l'excès de la fatigue et de la chaleur
l'a fait tomber par terre, presque inani-
mée. Mais, pendant qu'il s'occupait d'elle un
instant, et lui redonnait du courage et de l'espoir, l'ours et sa proie avaient disparu; ils
ne savent plus de quel côté les suivre.
Toute la nuit, cette affreuse nuit pluvieuse,
où je me croyais la plus malheureuse des
femmes, où j'allais me plaindre et murmurer, Canda, exposée sans vêtemens à cet

affreux déluge, cherchait son fils unique
sans espoir de le retrouver, et ne s'aperce-
vait pas même de la pluie. Parabéri, non
moins affligé, mais plus ferme, alla raconter
son malheur à ses voisins. A l'instant ils se
rassemblèrent, s'armèrent, et, Parabéri à
leur tête, ils jurèrent la mort du ravisseur.
Dirigés par ses traces sur la terre détrem-
pée, ils le trouvèrent enfin le matin suivant
avec un autre ours, qu'ils jugèrent être le
mâle, et si occupés à manger un essaim d'a-
beilles et le miel qu'elles avaient fait, que les
sauvages purent les approcher. Parabéri,
animé par la vengeance, en traversa un de
sa sagaie, et l'acheva d'un coup de son casse-
tête; un de ses camarades expédia l'autre, et
Parabéri goûta la plus grande jouissance
pour un sauvage, celle de la vengeance. Mais
la pauvre mère n'en fut pas consolée; après
avoir erré toute la nuit dans ce côté de l'île,
elle arriva le matin à la place où les vain-

queurs des ours étaient encore occupés à les
écorcher et à se partager la chair; Parabéri
ne demanda que les peaux et les obtint en
dédommagement de son fils. Ils retournè-
rent chez eux en triomphe, et Canda les suivait en poussant des cris de rage, et se défi-
gurait en se déchirant le visage avec une
dent de requin. En combinant les circon-
stances, j'eus bien l'idée que cette malheureuse femme était la mère de mon petit protégé, tant mon cœur maternel s'élançait vers
elle. Je fis même quelques pas en avant pour
aller le lui rendre, mais la horde sauvage
qui l'accompagnait, sans aucun vêtement
que leur affreux tatouage, me remplit de terreur, au point que, par un mouvement in-
volontaire, je retournai au fond de la grotte,
ou mes filles se tenaient cachées, très-épou-
vantées du bruit qu'elles entendaient. « Pourquoi ces gens crient-ils ainsi, maman? me
dit Sophie; ils me font bien peur; tâche qu'ils

ne viennent pas ici, ils nous prendraient peut-
être notre cher Minou.

— Sans aucun doute, leur dis-je, et je
n'aurais nul droit de les en empêcher; je
crois que ce sont ses parens qui se désolent,
de l'avoir perdu; je voudrais pouvoir le leur
rendre.

— Oh! non, maman, je t'en prie, me dit
Mathilde, ne le rends pas, il nous fait tant
de plaisir, et nous serons ses petites mamans;
nous le rendrons bien plus heureux que ces
vilains sauvages qui l'avaient serré comme
un paquet dans l'écorce avec de la mousse
qui le piquait; vois comme il est plus heureux dans mon tablier, comme il remue ses
jambes comme s'il voulait marcher; nous le
lui apprendrons, Sophie et moi; ne le rends
pas, Mimi, je t'en conjure. »

» Quand je l'aurais voulu je ne le pouvais
plus; la troupe sauvage s'était éloignée.

« Ma chère Mathilde, dis-je à ma fille,
combien de fois t'ai-je dit de ne faire aux
autres que ce que tu voudrais qu'on te fît à
toi-même, ainsi que notre bon Sauveur nous
l'a ordonné ! Si tu étais vraiment la maman
de Minou, voudrais-tu qu'on te le prît pour
le donner à une étrangère, et ne plus le revoir? et si on m'ôtait aussi ma petite Mathilde, si les sauvages la prenaient en échange
de Minou, ce qui serait juste, je serais aussi
malheureuse que cette pauvre femme à qui
tu veux que j'enlève son enfant. »

» Elle resta un moment pensive avec les
larmes aux yeux, et embrassa tendrement
moi et puis Minou, que j'avais encore dans
les bras.

« Tu as raison, maman Mimi ; mais si elle
aime tant son enfant, qu'elle vienne le chercher, me dit la petite mutine.—Pauvre mère,
lui dis-je, elle se désole, parce qu'elle croit

qu'il est mort. — Comme mon frère Alfred, elle
croit qu'il est près du bon Dieu, n'est-ce pas?
Dis-moi où elle habite, j'irai lui dire qu'il
est avec nous, que nous l'aimons bien, et
peut-être elle nous le laissera. » Pendant ce
naïf entretien, Sophie était allée cueillir des
fleurs au bord du ruisseau, la pluie les avait
rafraîchies, elles étaient très - brillantes.
Elle en avait rempli son tablier, et vint en
parer Minou; elle en fit deux guirlandes,
attacha l'une autour de la tête de l'enfant
et l'autre autour de son cou. Sa mine mau-
ricaude était trop plaisante au milieu de ces
fleurs.

« Oh ! si sa maman le voyait! disait Mathilde, elle serait bien contente et nous le
laisserait. » Il fallut expliquer à Sophie ce que
c'était que cette maman, Mathilde s'en chargea, et ma sensible Sophie versa des larmes
en pensant au désespoir de cette pauvre mère.

« Mais comment savez-vous, me dit-elle, que
c'est celle de Minou? » Cette question me
prouva que son jugement se formait; je pris de
là occasion de lui expliquer ce qu'on entend
par des conjectures, des probabilités, des con-
séquences, etc. Elle me comprit très-bien, et
quand je lui contai sur quoi je fondais l'idée que
c'était la mère de Minou, elle frémit en pensant que c'était un ours qui l'avait apporté au
milieu de la grotte. « Eh ! croyez - vous, maman, qu'il l'aurait mangé? me demanda-
t-elle.

— Je n'en voudrais pas répondre, lui dis-
je, si la faim l'avait pressé : on assure que
les ours, très - dangereux quand on les at-
taque, ne font pas de mal à l'homme, et surtout aux enfans, qu'ils paraissent aimer.
Mais je ne voudrais pourtant pas m'y fier,
et je ne puis comprendre ce que cet ours en
aurait fait; il serait au moins mort de faim,

car il ne paraît pas que l'ourse eût pu l'allaiter, puisqu'elle n'avait pas de petits, et par conséquent point de lait. — Pauvre petit, ce n'est pas nous qui te laisserons mourir de faim ; si nous n'avons pas de lait nous avons des figues, et il ne t'en manquera pas. Allons en chercher, maman ; celles du tas ne sont plus bonnes. »

» La pluie avait cessé, et j'y consentis ; j'avais un peu d'espoir de retrouver la pauvre mère. Mes filles donnèrent à l'enfant du miel délayé dans de l'eau, qu'il prenait très-bien avec un bout de roseau. Il ne pleurait plus et s'accoutumait à nous. Je jugeai qu'il avait sept ou huit mois ; je le pris dans mes bras et nous dépassâmes le petit bois, où il n'y avait pas de figuiers, pour en chercher plus loin ; j'en trouvai bientôt plusieurs couverts de leurs petits fruits violets. Pendant que je les cueillais Sophie et Mathilde s'occupaient de leur petit favori; elles arrangèrent au pied de l'arbre un joli lit de mousse, décoré de fleurs, sur lequel elles le placèrent, et lui firent sucer des figues, qu'il aimait beaucoup. Ces petites filles, aux cheveux blonds, au teint rose et blanc, et ce petit négrillon au milieu d'elles, ayant tous trois les grâces de l'enfance, formaient un tableau délicieux que je ne pouvais regarder sans attendrissement.

« Mes filles, pensais-je, s'exercent aux devoirs maternels; elles en ont déjà le sentiment, et jamais peut-être elles ne connaîtront ce premier des bonheurs....... »

Ma femme sourit en silence, et son regard jeté sur les enfans exprimait sa pensée. Emilie la comprit, lui serra la main et reprit sa narration.

~~~~~~~~~~~~~~~~~~~~~~~~~~~~~~~~

CHAPITRE LIX.

Suite.

« Il y avait au plus une heure que nous étions au pied du figuier, lorsque de nouveaux cris se firent entendre. Ils ne m'effrayèrent pas ; j'eus bientôt distingué que c'étaient les cris de douleur de sa pauvre mère, et j'étais si sûre de la consoler. Son désespoir la ramenait où elle croyait que son enfant avait été dévoré; elle voulait, d'après ce qu'elle nous a dit, quand nous avons pu nous entendre, en chercher quelques restes; des cheveux, des os; ne fût-ce qu'un morceau de l'écorce qui l'entourait; et c'est lui, c'est lui plein de vie et

de force qu'elle va retrouver. Elle s'avançait
en sanglottant, et cherchant à terre les restes
de son fils. Elle était si absorbée dans cette
triste recherche, qu'elle ne nous voyait pas,
quoique nous ne fussions plus qu'à vingt pas
d'elle. Tout-à-coup Sophie s'élance comme
un trait, court à elle, et saisit sa main en lui
disant: «Viens, viens, il est là, Minou. » Canda
ne sait ce qu'elle voit, ce qu'elle entend : elle
prend ma fille pour une apparition surnatu-
relle, et ne lui résiste pas. Frappée d'étonnement, elle se laisse conduire en silence auprès du figuier, et là encore elle ne reconnaît
pas d'abord le petit être développé de ses
liens, à demi habillé, couvert de fleurs, et en-
touré de trois divinités, car elle nous prenait
pour telles, et voulait se prosterner devant
nous. Elle le crut bien plus encore lorsque je
pris son enfant dans mes bras, et le posai dans
les siens; alors elle le reconnut, et Minou aussi
lui tendit les bras et se jeta sur son sein. Non,

je n'ai point de mots pour vous exprimer la joie, le saisissement et les transports de cette bonne mère ; elle poussait des cris, serrait son fils à l'étouffer, disait avec volubilité des mots que nous ne comprenions pas, pleurait, riait, dansait, était enfin dans un touchant délire qui effraya Minou. Il commença à pleurer et se jeta contre Sophie qui pleurait aussi à chaudes larmes, ainsi que Mathilde. Canda les regardait avec surprise, elle apaisa son enfant en lui présentant son sein, qu'il hésita long-temps à prendre. Enfin il le saisit, et sa mère fut alors complétement heureuse. Je choisis ce moment pour tâcher de lui faire entendre que la grosse bête l'avait apporté, et que nous l'avions trouvé et soigné ; je lui pris la main et lui fis signe de me suivre, ce qu'elle fit d'abord sans balancer ; mais à peine lui eus-je montré la grotte, que, sans vouloir y entrer, elle prit la fuite emportant son enfant avec une telle vitesse, qu'il nous

fut impossible de l'arrêter. Elle fut bientôt
hors de notre vue.

J'eus bien de la peine à consoler mes filles,
qui croyaient avoir perdu pour toujours leur
cher Minou, et trouvaient sa mère très-in-
grate de le leur avoir enlevé sans avoir pu
seulement lui dire adieu. Elles pleuraient et
se fâchaient encore quand nous vîmes arriver
de loin les objets de leurs regrets et de leur
colère; mais Canda n'était pas seule, et ne
portait plus son fils ; un homme la suivait en
le serrant dans ses bras. Ils furent bientôt
dans notre grotte, et prosternés devant nous.

Vous connaissez Parabéri; sa physionomie
nous plut et nous rassura. Comme parent du
roi, il portait la distinction d'une ceinture de
feuillage; son corps était tatoué, et peint de
diverses couleurs, mais non pas son visage,
qui exprimait la bonté et la reconnaissance,
jointes à beaucoup d'intelligence. Il comprit

la plupart de mes signes, et m'en fit à son
tour, que je n'interprétai pas aussi facilement, mais où je vis beaucoup de bienveillance. Pendant notre entretien muet, mes
filles en avaient un plus intelligible avec
Canda et Minou. Elles mangèrent le dernier
de caresses, elles lui firent sucer des figues et
du miel et l'amusèrent si bien qu'il ne voulut
plus les quitter. Leur mère, loin d'en être jalou-
se, en était enchantée et caressait aussi beaucoup mes filles, admirait leurs cheveux ar-
gentés, leur peau blanche, les faisait admirer à
son mari, et répétait Minou après elles, mais y
ajoutant toujours *Minou*, et paraissait trouver ce nom charmant. Sur quelques mots
que lui dit Parabéri, elle posa Minon-Minou
sur les bras de Sophie, et tous deux s'en allè-
rent en faisant signe qu'ils reviendraient; ce
ne fut que vers le soir. Sophie et Mathilde
furent en pleine jouissance de leur petit élève;
elles voulaient lui apprendre à marcher, à

parler, et m'assuraient qu'il faisait de grands
progrès. Elles commençaient à espérer qu'on
le leur avait laissé tout-à-fait, lorsque Parabéri et Canda reparurent; l'un succombait
sous le poids de deux peaux d'ours, et d'une
belle natte de joncs, pour fermer ma grotte;
Canda portait sur sa tête un panier rempli
de fruits excellens, des cocos, des fruits de
l'arbre à pain, qu'ils appelaient *rima*, des
ananas, des figues, des ignames, et enfin un
morceau de l'ours rôti sur des charbons, que
je trouvai bien mauvais; mais je me régalai
des fruits et du lait des cocos que je trouvais
très-bon, et dont Minon-Minou eut sa bonne
part. Les peaux d'ours furent étendues au milieu de la caverne; Parabéri, Canda, et leur
fils entre eux deux, s'établirent sans façon
sur l'une d'elles, et nous firent signe de nous
coucher sur l'autre. Mais ces peaux n'ayant
point été préparées, puisque les ours n'étaient
tués que de la veille, exhalaient une odeur in-

supportable, je le leur fis comprendre. Parabéri se hâta de les emporter, et de les mettre dans le ruisseau, assujetties avec des pierres, et apporta en échange un tas de feuilles
et de mousse sur lequel nous dormîmes très-
bien. Dès ce moment nous ne fîmes plus
qu'une famille ; Canda resta avec nous et
rendait à mes filles et les soins et les caresses dont son Minon-Minou était accablé : jamais enfant ne fut plus heureux ni plus gâté,
il le méritait par son intelligence et sa gentillesse. Au bout de quelques mois, il balbu-
tiait déjà des mots d'allemand, ainsi que sa
mère, dont j'étais l'institutrice, et qui fit des
progrès rapides. Parabéri était peu avec
nous, mais il devint notre pourvoyeur et nous
fournissait abondamment tout ce qu'il fallait
pour notre nourriture. Il nous arrangea des
troncs d'arbres pour nous servir de table et
de chaises ; Canda apprit à mes filles à faire
des paniers charmans, et des espèces de pla-

teaux de même, qui nous servirent d'assiettes
et de plats ; Parabéri nous fit des couteaux de
pierres éguisées ; de leur côté, mes filles lui ap-
prirent à coudre. Au moment du naufrage nous
avions chacune dans nos poches de ces mé-
nagères de maroquin pourvues de fils et d'aiguilles, au moyen de quoi nous avions entre-
tenu notre linge, et nous fîmes ensuite des
vêtemens de feuilles de palmier. Les peaux
d'ours, nettoyées dans le ruisseau et séchées
à un soleil ardent, n'eurent plus d'odeur, et
nous ont été très-utiles dans la saison froide
et pluvieuse. Pendant les beaux jours nous
faisions, depuis que nous avions des guides,
des excursions dans l'île. Minon-Minou apprit
à marcher, et, fort comme un petit insulaire,
il put nous accompagner dans nos promena-
des. Nous en fîmes une un jour jusqu'au
bord de la mer ; je la revis avec effroi et douleur; et Canda, à qui je dis qu'elle avait englouti mon mari et mon fils, pleura beaucoup

avec moi. Elle commençait à parler assez l'allemand et nous sa langue pour pouvoir nous
entendre. Elle me raconta qu'un *ami noir*
(c'est ainsi qu'elle désignait monsieur, dit-elle
en montrant le missionnaire) était venu dans
une île voisine leur annoncer un être tout
bon et tout-puissant, qui demeure au ciel et
qui entend tout ce qu'on lui dit. Ses idées
étaient très - confuses, mais j'essayai de
les rendre plus claires et plus positives. « Je
vois bien, me dit-elle, que vous le connaissez aussi ; c'est sans doute lui à qui vous par-
lez le matin et le soir, prosternée comme
nous le faisons devant le roi Bara-ourou ? ---
Oui, Canda, lui dis-je, c'est devant celui qui
est le roi des rois, à qui nous devons la vie ;
qui nous conserve, qui nous comble de bien-
faits et nous en destine encore plus après cette
vie. --- Est-ce lui qui vous a commandé d'avoir
soin de Minon-Minou, et de me le rendre? me
demanda-t-elle. --- Oui, Canda, il ordonne tout

ce qui est beau et bon ; c'est lui qui vous a
mis dans le cœur tout le bien que vous nous
avez fait. »

» Je tâchai ainsi de préparer cette âme
neuve et simple aux célestes vérités que
M. Willis devait graver dans son cœur. « Vous
m'avez laissé bien peu de chose à faire, dit
M. Willis ; j'ai trouvé Canda et Parabéri dis-
posés à croire avec une foi sincère la sainte
religion que je venais leur enseigner, et le
Dieu des amies blanches était déjà le seul
qu'ils adoraient. Je connaissais Parabéri ; il
était venu pour la pêche des phoques dans
l'île où j'avais fait mon établissement ; j'eus
occasion de le voir, et son air honnête et bon
m'intéressa. Quel fut mon étonnement, quand
je lui parlai du seul vrai Dieu, de trouver
qu'il ne lui était pas étranger, et qu'il avait
même quelques idées de la rédemption, et
d'une autre vie où l'on sera puni ou récom-

pensé, suivant le bien ou le mal que l'on aura fait ici-bas. « C'est l'amie blanche, me dit-il, qui m'a appris cela, et qui l'apprend à Canda et à Minon-Minou, qu'elle a sauvé et qu'elle rend bon comme elle. » J'eus un vif désir, continua M. Willis, de connaître celle chez qui je trouvais un si puissant auxiliaire pour la tâche que j'avais entreprise. Je le dis à Parabéri, qui m'offrit son canot pour m'amener ici; j'y vins et je trouvai dans une misérable grotte, ou plutôt dans une tanière d'ours, toutes les vertus de l'âge mûr réunies aux grâces de la jeunesse; une mère résignée et pieuse, élevant ses deux filles, comme le devraient être toutes les femmes, dans la simplicité, la résignation, l'amour du travail; leur apprenant, pour unique science, à aimer Dieu de toute leur âme et de toute leur pensée, et leur prochain comme elles-mêmes. Elles sont chargées, sous l'inspection de leur mère, de l'éducation du fils de Canda et de

Parabéri; cet enfant, âgé de quatre ans et demi, parle bien l'allemand et connaît tout l'alphabet, que madame Hirtel trace sur le terrain de la grotte; c'est ainsi qu'elle a appris à lire à ses filles, et qu'elles l'apprennent à Minon-Minou, qui l'apprend à son tour à son père et à sa mère. Parabéri a souvent amené de ses camarades à la grotte, et ceux-ci, leurs femmes et leurs enfans. Madame Hirtel a appris leur langue de Canda; elle a pu jeter dans leur cœur les semences de la parole divine, et j'ose espérer qu'elle y fructifiera.

» Trouvant cette peuplade en si bon état, et désirant profiter moi-même de la société de l'intéressante famille européenne, jetée comme moi sur une plage lointaine, je me décidai à fixer mon domicile dans cette île.

» Parabéri m'eut bientôt bâti une hutte dans le voisinage de la grotte. Madame Hirtel exigea de moi de prendre une des peaux d'ours.

J'ai formé mon établissement peu à peu, et partagé avec ma digne voisine quelques ustensiles que j'avais apportés d'Europe, et nous avons vécu heureux et tranquilles. Nous voici, mon cher pasteur, au moment qui nous a rapprochés. Quelques insulaires de cette île, en naviguant pour la pêche, furent jetés par le vent sur la vôtre. A l'entrée d'une grande baie ils trouvèrent une nacelle d'écorce, amarrée avec soin à un arbre; soit leur penchant inné pour le vol, soit l'idée qu'elle n'avait point de maître, puisqu'ils ne voyaient personne, ils s'en emparèrent et l'emmenèrent chez eux. J'en eus l'avis, et fus curieux de la voir. Je reconnus d'abord que cette embarcation était de fabrique européenne; elle était faite avec soin, d'une forme élégante; les rames, le gouvernail, les balanciers, le mât et la voile triangulaire, tout annonçait qu'elle n'avait pas été construite par des sauvages. Les bancs des rameurs étaient faits de planches et peints à l'huile, et ce qui me le prouvait plus encore était un beau et bon fusil chargé qui se trouva dedans, et dans un réduit pratiqué sous l'un des bancs, une boîte de corne pleine de poudre. Je fis alors mille questions sur le lieu où cette nacelle avait été trouvée. Toutes les réponses me confirmèrent dans l'idée que cette île était habitée par un Européen à qui on avait ôté peut-être le seul moyen de la quitter.

Tourmenté par cette idée, je tâchai d'engager ceux qui l'avaient prise à la ramener et à chercher avec soin dans toute l'île si elle n'était pas habitée. Je ne pus obtenir la restitution de la nacelle; mais, me voyant très-agité sur cet objet, ils résolurent, sans me le dire et croyant me faire un grand plaisir, de retourner dans cette île, et s'ils trouvaient quelqu'un de me l'amener de force ou de gré. Parabéri, toujours à la tête de

toutes les entreprises périlleuses, et qui m'é-
tait attaché, voulut être de celle dont le but
était de me faire plaisir. Ils partirent, et
vous ne savez que trop le résultat de leur
course. Je laisse à votre femme le soin de
vous raconter son enlèvement, et je passe au
moment de son arrivée. Mes sauvages me
l'amenèrent en triomphe, en m'exprimant
leur chagrin de n'avoir trouvé qu'une femme
et un enfant que je pourrais donner à l'amie
blanche. C'est à quoi je ne manquai pas.
Votre femme était désolée et malade; je me
hâtai de la conduire à la grotte avec votre
François. Elle y trouva une compatriote al-
lemande, qui la reçut avec une bien grande
joie; François remplaça son Alfred tant regretté, et les deux bonnes et tendres mères
s'entendirent bientôt. Malgré le zèle d'une
sincère amitié, nous ne pouvions consoler
votre Elisabeth d'être séparée de vous et de
ses enfans, et de la crainte des dangers où

vous vous exposeriez pour la retrouver ; nous
avons même craint qu'elle ne perdît la raison,
quand le roi Bara-ourou est venu prendre
François. Il l'avait vu au moment de son arrivée et en était enchanté. Il revint le voir
encore, et résolut de l'adopter pour son fils.
Vous savez ce qui s'est passé à ce sujet, et
vous voilà réuni à tout ce que vous aimez au
monde.

» Bénissez Dieu, mon frère, qui sait tirer le
bien de ce qui nous paraît un mal, et recon-
naissez la sagesse de ses voies. Vous retour-
nerez tous ensemble dans votre île. Je m'in-
téresse trop au bonheur d'Emilie pour ne pas
désirer qu'elle vous suive ; j'irai à mon tour
vous y joindre si Dieu le permet ; dès que
mes missions seront terminées, j'irai finir
mes jours avec vous, mes amis, et bénir votre
colonie naissante. »

Je supprime toutes nos réflexions sur l'intéressante histoire que nous venions d'entendre, et notre reconnaissance pour ce qui l'avait terminée; et je passe au récit de l'enlèvement de ma femme, récit que je lui demandai avec instance, et qu'elle fit en ces termes.

~~~~~~

CHAPITRE LX.

Elisabeth.

« Mon histoire ne sera pas longue, je pourrais la faire en deux mots : *Tu m'avais perdue et tu m'as retrouvée.* Bien des maris n'en seraient pas aussi contens que toi ; mais, puisque tu l'es, je dois bénir le ciel d'un événement qui m'a prouvé combien je te suis chère, et qui me vaut l'inestimable bonheur d'avoir une amie et ses deux charmantes filles qui seront aussi les miennes. Peut-on trop payer des biens aussi précieux, et puis-je me plaindre de ceux qui me les ont procurés, fut-ce même avec violence ? mais je dois leur rendre justice, cette violence fut

aussi douce qu'elle pouvait l'être. Il suffit de
dire que Parabéri en était pour que tu sois
certain que je n'ai pas été maltraitée, et que
c'est le chagrin seul d'être séparée de toi
qui a altéré ma santé. Elle sera bientôt ré-
tablie, et dès que Jack pourra marcher je
serai prête à me rembarquer pour notre île
heureuse. Puisque tu désires savoir comment
j'en suis sortie, je vais tâcher de me le rappeler.

« Quand tu partis avec tes trois fils aînés
pour faire le tour de l'île, tu me laissas assez tranquille : tu m'avais avertie que tu
reviendrais tard, peut-être même le lendemain ; je ne fus pas inquiète de ce que la
soirée se prolongeait sans vous revoir. Mon
cher François me tint fidèle compagnie ;
nous allâmes ensemble arroser le jardin et
nous reposer dans la grotte Ernestine, puis
je revins à la maison, et je m'établis avec

mon rouet sur ma chère galerie d'où je pouvais vous voir arriver plus tôt. Quand François me vit si bien établie il me demanda la
permission d'aller à votre rencontre jusqu'au pont, j'y consentis de bon cœur. Il
partit et je restai seule et je pensais au plaisir
que j'aurais de vous revoir et de vous faire
raconter votre voyage, lorsque je vis accou-
rir François, qui me dit avec une extrême
émotion : « Maman, maman, il y a un canot
sur la mer, je crois que c'est le nôtre qui
était resté là-bas ; il est tout plein d'hommes,
ce sont peut-être des sauvages.

— Petit imbécile, lui dis-je, c'est ton père
et tes frères, puisqu'ils sont dans le canot ;
je n'en ai aucun doute. Ton père m'a dit en
partant qu'il irait le prendre au retour pour
le ramener ici, et qu'ils reviendraient par
eau ; je l'avais oublié quand je t'ai laissé partir. A présent c'est au rivage qu'il faut aller

à leur rencontre, et j'ai bien la force de te suivre; viens, donne-moi le bras; » et nous marchâmes ainsi bien joyeux au-devant de nos ravisseurs. Hélas! j'eus bientôt reconnu mon erreur! c'était en effet notre canot; mais, au lieu de vous, chers amis, il y avait six sauvages à demi nus, et avec des mines terribles, qui débarquèrent et nous entourèrent. Mon sang se glaça de terreur; quand j'aurais voulu fuir je ne l'aurais pas pu. Je tombai à peu près sans connaissance sur la plage; j'entendais encore les cris de désespoir de François qui s'attachait à moi et me serrait de toutes ses forces; les miennes m'abandonnèrent complétement; je n'entendis plus même mon enfant, et je ne repris mes sens que sur le canot, au fond duquel j'étais couchée. Mon fils, à côté de moi, fondait en larmes et cherchait à me ranimer; il était aidé par un des sauvages, dont la mine était moins repoussante que celle de ses ca-

marades, et qui semblait avoir sur eux quelque autorité, c'était le bon Parabéri. Il me
fit avaler quelques gouttes d'une liqueur fer-
mentée que je trouvai détestable, mais qui
me ranima. Je repris, avec mes facultés,
celle de sentir toute l'étendue de mon malheur et du vôtre, chers amis, lorsque vous
ne me retrouveriez pas dans notre île. Ce
qui m'empêcha de succomber à ma douleur
fut d'abord mon François, qui du moins me
restait encore, et me conjurait, les mains
jointes, de vivre pour lui, et puis une idée
vague, que, puisqu'ils étaient dans notre canot, les sauvages vous avaient peut-être déjà
emmenés, et que nous allions vous revoir.
Dieu ! pour quelle vie, ou plutôt pour quelle
mort ! mais n'importe, pourvu que je vous
revisse encore, il m'était plus doux de mourir avec vous que de vivre sans vous, et j'é-
tais bien sûre que vous pensiez de même.

» Je fus confirmée dans cet espoir, quand

je vis que les sauvages, au lieu de prendre
le large, côtoyaient notre île, et qu'ils en-
trèrent dans notre grande baie; c'était là
sans doute où j'allais vous retrouver. Vain
espoir qui fut bientôt détruit! Deux ou trois
de ces hommes affreux nous attendaient sur
le rivage; ils parlèrent à ceux du canot; et
je compris à leurs gestes qu'ils disaient n'a-
voir trouvé personne. J'ai su depuis, par
Canda, qu'en débarquant à la grande baie,
ils avaient laissé quelques-uns des leurs avec
l'ordre de parcourir l'île pour découvrir de
ce côté ceux qui l'habitaient, tandis que les
autres iraient avec le canot visiter l'autre
côté; et ceux-là n'avaient que trop réussi.
La nuit s'avançait, et c'est sans doute ce qui
les empêcha de piller notre maison, tant ils
étaient pressés de retourner chez eux. Je
crois d'ailleurs qu'aucun d'eux ne serait par-
venu jusqu'à Zeltheim, défendu par notre
forte palissade, et caché par les rochers dans

lesquels notre maison est bâtie ; et ceux qui
venaient par mer nous ayant trouvés sur le
rivage n'étaient pas allés plus loin.

» Lorsque tous furent sur le canot, il cin-
gla en pleine mer, à la clarté des étoiles ;
j'aurais, je crois, succombé à mon effroi et à
mon malheur, sans mon cher François, et
j'ose le dire, sans ma chère chienne Bill,
qui ne m'avait pas quittée. François me dit
qu'elle avait voulu me défendre, et s'était
jetée sur ceux qui m'enlevaient ; mais un des
sauvages arracha mon tablier, le déchira, en
enveloppa le museau de la chienne comme
d'une muselière, en l'attachant fortement
avec le cordon ; lui lia les pattes de devant,
et la jeta dans le canot où la pauvre bête se
coucha à mes pieds en faisant entendre les
plus tristes gémissemens. Elle arriva avec
nous dans cette île, les sauvages l'emmenèrent, et je ne la revis plus ; je l'ai souvent

demandée à Parabéri, il n'a pu me dire ce qu'elle est devenue.

— Mais je le sais, s'écria Fritz, et je l'ai revue. Nous avions pris Turc avec nous, les sauvages amenèrent Bill avec eux dans la partie déserte de l'île où Jack nous fut enlevé; nos deux chiens s'y rencontrèrent. Lorsque j'eus le malheur de blesser mon frère je ne pensai plus à eux, ils s'étaient égarés en chassant les kangurous; nous les y avons laissés, et sans doute ils y sont encore. Si mon père y consent j'irai les chercher dans le canot de Parabéri; il ne faut pas abandonner ces pauvres bêtes. » Puisque nous étions obligés de rester encore quelques jours pour guérir Jack, je consentis à cette course, pourvu que Parabéri les accompagnât; elle fut fixée au lendemain. Ernest demanda à en être pour voir les beaux arbres et les belles fleurs dont Fritz lui avait parlé.

Moi je priai que l'on poursuivît la narration,
que l'épisode des chiens avait interrompue.
Ce fut François qui s'en chargea et qui reprit au moment où sa mère nous avait laissés :

« Notre traversée fut heureuse, la mer
était calme, et le canot s'y balançait si doucement que maman s'endormit, et moi de
même. Il faut, papa, que vous ayez pris pour
venir ici un chemin beaucoup plus long,
puisque votre voyage a duré trois jours et
que nous arrivâmes le lendemain. Maman
était éveillée depuis long-temps et ne ces-
sait de pleurer, en se voyant aussi loin de
notre île, et séparée pour jamais, elle le
croyait alors, de vous et de mes frères. Son
désespoir touchait beaucoup Parabéri ; il
s'efforçait de la consoler, et il y parvint enfin
en lui adressant deux ou trois mots d'allemand, en lui montrant le ciel : ces mots assez
intelligibles étaient *Dieu puissant, bon ;* et

puis *ami noir et amie blanche*, et il y joignit les mots de *Canda*, d'*ours*, et de *Minon-Minou*. Nous ne savions ce qu'il voulait dire ; mais il avait l'air si gai en les prononçant qu'il nous faisait plaisir ; il suffisait qu'il prononçât le nom de Dieu en allemand pour nous donner toute confiance, sans pouvoir comprendre où et comment il avait appris ces mots. « Sans doute, me disait maman, il a vu ton père et tes frères. » Je le pensais aussi ; cependant il me paraissait bien difficile qu'en aussi peu de temps il eût pu apprendre et retenir ces mots. Quoi qu'il en soit, maman était si contente de les entendre qu'elle aurait toujours voulu l'avoir à côté d'elle, et qu'elle lui apprit aussi à prononcer les mots de *père*, de *mère* et de *fils*, qui ne lui paraissaient pas étranges et qu'il sut bientôt. Comme elle me montrait toujours, en les prononçant, et puis elle-même, il les comprit très-bien, et nous dit, en riant aux

éclats, et faisant voir ses longues et larges
dents blanches comme de l'ivoire : *Canda
mère, Minon-Minou fils, Parabéri père,
amie blanche mère.* Maman croyait qu'il
voulait parler d'elle, c'était de madame Emilie. Il cherchait à prononcer ce nom et deux
autres, mais n'en pouvait venir à bout. Enfin il dit *petites, petites,* et nous fûmes toujours
plus convaincus qu'il avait vu des Allemands,
ce qui nous redonna du courage.

» Quand je vis que maman était un peu
consolée, je sortis mon flageolet pour l'amuser, et je lui jouai l'air des couplets d'Ernest.
Le souvenir de cet air lui fit verser des
pleurs abondans; elle me dit de me taire;
les sauvages au contraire voulaient que je
continuasse, et je ne savais à qui obéir. Je
cessai cet air touchant, et je jouai le plus
gai de tous ceux que j'avais appris. Trans-
portés jusqu'au délire, ils me prirent dans

leurs bras tour à tour, en répétant : *Bara-ourou, Bara-ourou ;* je te dis avec eux, et leurs caresses redoublèrent. Maman témoignait tant d'inquiétude en me voyant entre leurs bras, que je leur échappai pour retourner auprès d'elle.

» Enfin nous arrivâmes, et l'on nous fit débarquer; il fallut porter maman, qui était trop faible pour marcher. A cent pas environ du rivage nous vîmes un grand bâtiment de bois et de roseaux au devant duquel était une foule de sauvages. L'un, très-grand et moins laid que tous les autres, s'avança pour nous recevoir : il était aussi vêtu à demi, d'une espèce de pagne assez orné; il portait un collier de jolis coquillages enfilés qui pendaient sur sa poitrine; il était un peu défiguré par un os blanc qui traversait sa narine. Mais vous l'avez vu, mon père, lorsqu'il voulait m'adopter; c'était le roi de l'île, c'é-

tait *Bara-ourou*. Je lui fus présenté et je
trouvai grâce devant lui; il me prit dans ses
bras, toucha le bout de mon nez avec le sien,
et admira beaucoup mes cheveux. Mes con-
ducteurs m'ordonnèrent de jouer de mon flageolet; j'obéis, et quelques airs d'allemandes
les mirent si bien en train de danser et de
sauter, que le roi tomba par terre de fatigue
et me fit signe de cesser. Il parla ensuite
long-temps aux sauvages rangés en cercle
autour de lui. Il vit alors maman assise dans
un coin auprès de son protecteur Parabéri. Le
roi appela ce dernier, qui força ma mère à se
lever, et la présenta à sa majesté. Bara-ourou
ne fit attention qu'au mouchoir des Indes rouge
et jaune qui était autour de sa tête; il le prit
sans façon et le mit autour de la sienne, en
répétant *miti*, qui veut dire *beau*. Il nous
fit ensuite retourner au canot dans lequel
nous remontâmes; il s'y plaça lui-même, et
ne s'occupa que de moi et de mon flageolet,

dont il essaya de jouer en soufflant dedans
avec le nez; ce qui ne lui réussit point.

» Après avoir dépassé une pointe, qui semble partager l'île en deux, nous débarquâ-
mes sur un rivage sablonneux. Parabéri et
un autre sauvage portaient ma mère et mar-
chaient en avant. Nous arrivâmes devant
une grande hutte semblable à celle du roi,
mais moins vaste; là, nous fûmes reçus par
M. Willis, que nous comprîmes être *l'ami
noir*, et, dès ce moment, nous n'eûmes plus
aucune crainte. Il nous prit sous sa protection, parla d'abord à Parabéri, puis au roi
dans leur langue, et enfin à maman en allemand mêlé de quelques mots d'anglais, que
nous comprîmes très-bien. Il n'avait aucune
connaissance de vous ni de mes frères; mais,
sur ce que lui dit maman, il promit de faire des
recherches et de renvoyer le plus tôt possible
dans notre île. En attendant il lui offrit de la

mener près de là, chez une amie qui aurait soin
d'elle et la guérirait, car pauvre maman avait
l'air de bien souffrir. Il fallut encore la porter jusqu'à la grotte ; mais là toute inquiétude
cessa, et tout fut plaisir, car *l'ami noir*
nous promettait de vous retrouver, et *l'amie*
blanche nous reçut comme si déjà nous étions
ses amis ; et Sophie et Mathilde me prirent
d'abord pour leur frère, et m'aiment comme
si je l'étais. Oh ! cher papa, quel bonheur eût
été le nôtre si vous eussiez tous été là ! mais
nous espérions que vous y viendriez, et c'était
déjà beaucoup. Madame Mimi fit coucher
maman sur la peau d'ours, lui donna des
boissons, du lait de coco ; Sophie et mathilde me menèrent cueillir des fraises, des
figues et des fleurs ; nous prîmes aussi des
poissons dans le ruisseau entre deux claies
d'osier. Minon-Minou, qu'elles aiment tant et
qui est si gentil, était aussi de la partie avec
nous ; et, pendant que madame Emilie et

Canda soignaient maman, nous nous sommes
bien amusés.

» Le roi Bara-ourou revint le lendemain pour
voir son petit favori. Il me caressa beaucoup
et voulait m'emmener avec lui dans une autre
partie de l'île, où il alloit souvent chasser ;
mais je ne voulus pas quitter maman et mes
petites amies ; j'eus bien tort ; c'est là, papa,
où vous étiez avec mes frères ; c'est là où
Jack fut blessé et enlevé ; j'aurais empêché
tout cela, et vous seriez, depuis lors, avec
nous. Oh ! combien je suis puni de ma ré-
sistance ! c'est moi, bien plus que Fritz, qui
suis cause de cette blessure.

» Quand Bara-ourou vit que je ne voulois
pas le suivre, il me laissa ; mais il revint le
soir même à la grotte, et jugez, papa, de notre surprise, de notre joie et de notre chagrin, quand il nous fit apporter mon pauvre
Jack blessé et souffrant horriblement, mais

pourtant si heureux de nous retrouver ! Le
roi dit à M. Willis qu'il était sûr que c'était
mon frère, et qu'il m'en faisait présent, ainsi
qu'à notre maman, en échange de son mouchoir. Maman le remercia mille fois, et coucha Jack à côté d'elle. Elle apprit de lui tout
ce que vous aviez fait pour nous retrouver.
Le bon M. Willis, à qui je dis où je vous
avais laissés, lui promit de vous chercher et
de vous amener près d'elle; il examina ensuite la blessure de Jack, qu'il assurait s'être
faite lui-même avec le fusil de Fritz, ce qui
était difficile à croire, vu la place de cette blessure; la balle était entrée par derrière dans
l'épaule et y était restée. M. Willis travailla
tout de suite à la retirer; il eut bien de la
peine, et Jack souffrit beaucoup : mais enfin
elle sortit; et tout va à présent le mieux
du monde. Quand nous serons tous dans notre île, Mathilde, Sophie, Minon-Minou, Canda, Parabéri, vous, papa, nos deux mamans et

M. Willis, nous serons un beau monde, n'est-
ce pas? Je regrette seulement que maman
Emilie n'ait pas quatre filles, pour que mes
frères aient aussi des amies. Ma femme sourit et fit taire ce petit babillard. M. Willis
pansa son blessé, et nous fit espérer qu'il
serait en état de partir dans cinq ou six jours.

« A présent, mon cher Jack, lui dis-je, c'est
à toi de nous conter ton histoire. Ton frère
t'avait laissé en train d'amuser les sauvages
par tes bouffonneries, et jamais elles ne furent mieux employées. Comment leur vint
tout-à-coup l'idée de t'emmener?

JACK. Parabéri dit que c'est ma ressem-
blance avec François qui les frappa au moment où je pris mon flageolet.

»Dès que j'en eus joué un instant, celui qui
avait le mouchoir de maman sur la tête, et
que j'ai su depuis être le roi, m'interrompit
en jetant un cri perçant, et en frappant des

mains. Il parla vivement aux autres, en leur
faisant remarquer mes traits et mon instrument, qu'il me prit; il regarda aussi ma veste
de toile bleue, comme celle de François, que
l'un d'eux avait attachée sur ses épaules, ainsi
qu'un manteau, puis il donna, sans doute, l'ordre de me saisir et de me porter au canal. Ils
se jetèrent tous sur moi; je criais comme un
démon, je leur donnais des coups de pied, je
les égratignais; mais que pouvais-je contre
sept ou huit grands sauvages? Ils me lièrent les
jambes ensemble avec les cordes de leurs
kangurous, et puis les mains derrière le dos,
et m'emportèrent comme un paquet. Il ne
me restait plus que le pouvoir de crier et
d'appeler Fritz; il n'arriva que trop vite,
M. du Fusil. Je ne sais comment, en voulant
me défendre, le coup partit, et la balle vint se
nicher dans mon épaule. C'est une triste visite que celle d'une balle, je vous en réponds;
mais la voilà, la coquine; papa Willis l'a fait

sortir par la même porte où elle était entrée,
et, depuis son départ, tout va bien.

» J'en reviens à mon enlèvement. Quand
mon pauvre Fritz vit que j'étais blessé, il tomba par terre de tout son long et resta sans
mouvemens, comme si le même coup l'avait
tué. Les sauvages le crurent mort, prirent son
fusil et me portèrent dans leur canot. J'étais
au désespoir, bien plus de la mort de mon
frère que de ma blessure et de ma captivité,
je n'y pensais même plus, et j'aurais voulu
qu'on me jetât au fond de la mer. Aussi je
fus consolé de tout quand je vis Fritz accou-
rir de toutes ses jambes au rivage; nous par-
tions, je pus encore lui crier quelques mots
pour le consoler aussi. Les sauvages étaient
bons pour moi; ils me délièrent, et l'un d'eux
me soutint assis sur le balancier; ils lavèrent
ma blessure avec l'eau salée de la mer; ils
la sucèrent, déchirèrent mon mouchoir de

3.   14

poche pour en faire une compresse; et, quand
nous eûmes débarqué, ils y mirent le jus
d'une plante qui arrêta le sang. Nous allions
très-vite, et nous passâmes devant la place
où nous avions débarqué le matin. Je la
reconnus; je distinguai Ernest debout sur
une colline de sable, et nous regardant; je
lui tendis les bras. Il me sembla aussi vous
voir, mon père; vous criâtes, les sauvages
poussèrent des hurlemens, je criai de
même de toutes mes forces; mais ils allè-
rent comme le vent, je vous perdis de
vue, et j'étais bien malheureux! Je ne me
doutais guère que l'on me conduirait vers maman. Dès que nous eûmes débarqué, on me
porta dans cette grotte, où je crus mourir de
surprise et de joie quand je fus reçu par
maman, par François, et puis par Sophie,
Mathilde, maman Emilie, et M. Willis, qui
est pour moi un second père. Voilà mon
histoire finie. C'est une jolie fin que d'être

tous ensemble, et qu'est-ce qu'un peu de mal avec tant de bonheur ? C'est à toi que je le dois, mon cher Fritz ; si tu m'avais laissé couler au fond de la mer, au lieu de me tirer par les cheveux, je ne serais pas ici, heureux comme je le suis ; je remercie aussi ton fusil ; grâces à lui j'ai été le premier près de maman et des bonnes amies. » Le lendemain Fritz et Ernest firent leur course projetée dans le canot de Parabéri, pour retrouver nos chers chiens. Ce bon insulaire apporta son canot, sur ses épaules, au rivage ; je les accompagnai jusque là, et les vis partir non sans crainte sur une embarcation aussi légère, où l'eau entrait de tous côtés et ressortait de même. Mais mes deux fils savaient nager, et le bon, le sage, le courageux Parabéri était avec eux et m'en répondit ; je les recommandai à la protection divine, et j'allai rejoindre les amis de la grotte, et tranquilliser ma femme. Jack se désolait de ne pas être de la partie, et Sophie se fâchait de ce qu'il aurait voulu la quitter et s'exposer sur cette mer qui avait englouti Alfred: Alors *M. de la Vague* se décidait à rester sur terre avec sa gentille amie.

Le soir nous eûmes le plaisir de voir entrer dans la grotte nos deux vaillans chiens, qui s'y précipitèrent et firent d'abord une grande peur aux deux petites, qui les prirent pour des ours; mais elles furent bientôt rassurées en les voyant sauter autour de nous, aller de l'un à l'autre, nous lécher, nous faire mille caresses à leur manière, que nous leur rendîmes bien. Mes fils les suivirent et nous dirent qu'ils n'avaient eu nulle peine à les trouver; ils étaient accourus au premier appel, et avaient témoigné leur joie de retrouver leurs maîtres.

Des restes de kangurous tués rassurèrent ceux-ci sur leur faim; mais n'ayant pas trouvé d'eau douce, à ce qu'il paraît, ils mou-

raient de soif, et se précipitèrent dans le ruisseau dès qu'ils l'eurent trouvé et y retournè-
rent encore, puis nous suivirent dans la
cabane du bon missionnaire, qui, ce jour là,
avait parcouru les habitations des insulaires
et prêché le saint Evangile. Je l'avais accompagné dans cette pieuse excursion; mais, ne
sachant point la langue des sauvages, je n'a-
vais pu l'aider. Je fus cependant édifié du
ton simple et pénétré dont il leur parlait et
du recueillement avec lequel on l'écoutait.
Il finit par une prière à genoux, et tous l'imitèrent en levant leurs yeux et leurs mains au
ciel. Il me dit qu'il tâchait de leur faire célébrer le dimanche en les réunissant dans sa cabane, dont il voulait ensuite faire un temple
d'adorateurs du vrai Dieu. Son intention était
de la consacrer uniquement à cet usage, et
d'habiter la grotte d'Emilie dès que nous
aurions quitté l'île.

Ce jour arriva enfin. L'épaule de Jack était

à peu près guérie, et ma femme, heureuse et contente, avait repris toutes ses forces. La pinasse avait été si bien gardée, soit par Parabéri, soit par ses amis, qu'il n'y manquait rien. Je distribuai aux insulaires les objets qui pouvaient leur plaire, et les fis inviter par Parabéri à venir nous revoir dans notre île et à vivre en bons voisins. M. Willis désirait la connaître; et, pour que rien ne manquât à notre bonheur, au moment du départ, il consentit à venir passer quelques jours avec nous.

Parabéri lui promit de le ramener quand il le voudrait. Nous nous embarquâmes tous, après avoir pris congé du roi Bara-ourou, qui nous combla à son tour de présens, de fruits de toute espèce, et d'un cochon tout entier, grillé sur des charbons, qui se trouva excellent.

Nous partîmes au nombre de quatorze individus, et de seize, en comptant nos deux chiens. Le missionnaire avait cédé à nos

instances; Parabéri avait pris un autre jeune
insulaire pour le servir; il était trop âgé et
trop occupé de sa mission pour se passer de
secours. Ce jeune homme, appelé Ouria, annonçait aussi de bonnes dispositions et lui
était fort attaché; il l'emmena avec lui pour
l'aider à ramer au retour.

Emilie éprouva un moment d'attendrissement, en quittant cette grotte où elle avait
passé quatre années, sinon heureuse, du moins
tranquille, et remplissant ses devoirs de bonne
mère. Un souvenir pénible et douloureux vint
pénétrer son âme lorsqu'elle se vit sur cette
mer qui renfermait dans son sein deux objets
encore si chers à son cœur, et même elle
ne put se défendre d'un mouvement d'effroi
en songeant qu'elle ramenait sur ce perfide
élément ceux qui lui restaient. Elle serrait
ses filles dans ses bras, et, ses beaux yeux le-
vés vers le ciel, elle implorait pour eux la

protection divine. M. Willis et moi, nous ap--
prochâmes d'elle et lui parlâmes de la bonté
céleste; je lui fis observer comme la mer
était calme, ma pinasse sûre et le vent favorable. Ma femme lui parlait de notre établissement dans l'île, de notre jolie maison; lui
promettait une grotte bien plus belle que
celle qu'elle venait de quitter; et nous parvînmes à la calmer.

Après sept ou huit heures de navigation
nous arrivâmes à notre grande baie de *l'Espoir trompé*, qui prit, dès ce moment, le nom
de *baie de l'Heureux retour*.

Le chemin pour aller de là à Zeltheim
à pied était beaucoup trop long pour les
femmes et les enfans. Mon intention était de
les mener par eau à l'autre bout de l'île, tout
près de notre habitation; mais mes fils aînés
m'avaient prié de les descendre de ce côté,
pour aller à la recherche de leurs bêtes, et

les ramener au logis. Je les posai là avec Parabéri. Jack leur recommanda son buffle,
François son taureau, et tous furent retrouvés. Nous côtoyâmes l'île en évitant les ré-
cifs. Nous arrivâmes dans la petite baie du
Salut, et de là nous fûmes bientôt à Zeltheim,
où nous revîmes tout, comme nous l'avions
laissé, en très-bon état.

Malgré les belles descriptions de ma femme,
nos nouveaux hôtes trouvèrent notre établissement fort au-dessus de ce qu'ils attendaient.
Il fallait voir Jack et François courir du haut
en bas de la galerie, avec leurs petites amies;
il fallait les entendre leur raconter l'histoire
des présens qu'ils avaient faits à leur mère;
leur montrer *Fritzia, Jackia, la Franciade,*
leur faire boire de l'eau des fontaines co-
quillées. L'absence avait encore embelli tous
ces objets, et j'avoue que, moi-même, j'avais
peine à me défendre de partager la joie de

mes enfans et même leur folie. Minon-Minou
Parabéri et Canda étaient en extase, et répétaient sur tous les tons, *beau* et *miti*. Ma
femme s'occupait de ses préparatifs pour
loger tout notre monde. La chambre de travail fut destinée au bon missionnaire; madame Hirtel et ma femme prirent la nôtre,
avec Sophie et Mathilde, dans les hamacs de
mes fils aînés.

Canda, qui ne connaissait pas les lits, se
trouva à merveille sur notre tapis. Fritz,
Ernest et les deux sauvages s'arrangèrent
comme ils purent et où ils voulurent, sur la
galerie, à la cuisine; tout leur était bon. Moi
je me couchai sur de la mousse et du coton,
à côté de M. Willis, et mes deux cadets avec
moi. Chacun fut content de son domicile en
attendant des arrangemens ultérieurs.

CONCLUSION.

Je devrais terminer ici mon Journal. Nous sommes heureux; nous le serons tous les jours davantage, et je n'ai plus de soucis sur l'avenir de mes enfans. Fritz aime trop la chasse et la mécanique, et Ernest les sciences et l'étude, pour penser au mariage; et j'aime à voir dans l'avenir mon Jack et mon François les heureux maris de Sophie et de Mathilde. Que me reste-t-il à dire que le lecteur ne puisse imaginer? Les détails du bonheur, si doux à éprouver, sont assez fades à raconter.

Je dirai à ceux qui veulent absolument tout savoir, qu'après quelques jours M. Willis

retourna dans son île, auprès de ses néophy-
tes, en promettant de nous visiter et de se
réunir un jour à nous; que la grotte Ernestine, arrangée provisoirement par Fritz et
Parabéri, devint un joli logement pour madame Hirtel, ses filles et le couple sauvage.
Minon-Minou ne quittait pas ses jeunes mamans, et leur rendait déjà mille petits services.
Je raconterai aussi que mon Ernest, sans abandonner l'étude de l'histoire naturelle, sans cesser de faire des collections très-intéressantes,
s'adonna à l'astronomie, remonta le grand
télescope que nous avions sur le vaisseau, ob-
serva les astres, et devint très-habile dans cette
science, si belle, si sûre, mais que sa mère
jugeait très-inutile. La marche des planètes lui
était bien indifférente, pourvu que tout allât
bien pour elle dans celle qu'elle habitait; et
rien ne lui manquait depuis qu'elle avait
une amie et deux filles, qu'elle regardait
déjà comme à elle.

L'année suivante nous eûmes la visite d'un vaisseau russe, *la Newa*, sous les ordres du capitaine Krusenstern, un de mes compatriotes et ancien ami, même un peu parent, et du même nom que moi. Le célèbre M. Horner de Zurich s'y trouva en qualité d'astronome. Ayant lu la première partie de notre Journal, envoyé en Europe par le capitaine Johnson, il ne fut pas surpris de nous trouver dans cette île, qu'il cherchait. Enchanté de notre établissement, il fut le premier à nous exhorter à ne pas le quitter. M. de Krusenstern nous fit aussi l'honneur de visiter notre habitation, et nous offrit de nous prendre sur son bord, ce que nous fûmes loin d'accepter. Mais, tout en renonçant pour jamais à sa patrie, ma bonne Elizabeth fut charmée d'avoir des nouvelles des parens et des amis qu'elle y avait laissés. Elle accabla M. Horner de questions. Ainsi qu'elle l'avait prévu, sa bonne mère n'existait plus depuis

bien des années, et mourut doucement en bénissant des enfans absens. Ma femme la pleura,
mais fut consolée par l'idée de son honheur
éternel ; et, selon son système religieux, par
celle d'en être moins séparée. Un de ses frères
était mort aussi ; il avait laissé une fille, bien
jeune lorsque nous étions partis, et qu'elle aimait beaucoup. Henriette Bodmer avait à présent seize ans, et M. Horner nous assura qu'elle
était charmante. « Je voudrais qu'elle fût ici
avec nous, » dit ma femme, en regardant ses
fils aînés, et je compris sa pensée. Ernest,
dans l'enchantement d'avoir un adepte de sa
science favorite, ne quittait pas M. Horner.
Celui-ci fut si content de son savoir, et
l'astronomie les mit si bien en rapport, que
mon fils consentit à le suivre en Europe, s'il
obtenait notre aveu pour une séparation de
quelques années. M. Horner me le demanda,
en me promettant de nous le ramener. C'é-
tait pour nous une grande privation ; mais je

sentais que son goût pour les sciences était
bien circonscrit dans notre île, et devait être en-
tretenu et cultivé sur un plus grand théâtre. Sa
mère, qui n'aurait pas pris son parti de le voir
s'éloigner, eut l'arrière-pensée qu'il verrait sa
jolie cousine Henriette, et pourrait bien nous
l'amener. Comme elle avait la passion de
marier tous ses fils, et qu'elle ne voyait point
de femme dans notre île pour celui-là, cet
espoir la fit consentir au départ de son cher
Ernest. Ce ne fut pas sans verser bien des
larmes au moment des adieux. La douleur
de sa mère fit tant d'impression sur lui, que
je le vis sur le point de laisser partir M. Horner. Mais ce dernier devait faire des observations si intéressantes sur le passage de
Vénus, que mon jeune astronome ne put y
résister. Il s'arracha de nos bras et quitta
l'île chérie, en nous promettant d'y revenir
et de nous apporter tout ce dont nous aurions
besoin. En attendant, M. de Krusenstern

nous laissa des provisions de poudre, de
comestibles, de semences, et plusieurs excellens outils qui font le bonheur de Fritz et
de Jack. Ils regrettent aussi beaucoup leur
frère, et se consolent en continuant leurs travaux mécaniques avec l'aide de l'intelligent
Parabéri. Déjà ils ont réussi à construire
deux moulins près de la cascade, un à grain,
l'autre à scier, ainsi qu'un beau et bon four.
Ernest partit, et sa mère lui recommanda
surtout d'aller à Zurich, de voir sa cousine Henriette et la mienne, de chercher le
capitaine Johnson, de se rendre exprès en
Angleterre. Nous eûmes beaucoup de peine
à nous accoutumer à l'absence de ce cher
enfant; quoique son goût pour l'étude et surtout pour l'astronomie l'eût éloigné de nous,
et rendu moins utile que ses frères, on re-
trouvait ses secours dans l'occasion, et toujours son bon conseil et son calme, son
sang-froid, une douceur qui répandait un

charme infini dans notre société. Il était lié
à tous nos souvenirs de peines et de plaisirs,
et nous manqua beaucoup. A ce chagrin près,
nous étions parfaitement heureux, et nos
différens travaux étaient distribués avec ordre. Fritz et Jack, chargés du département
des constructions de toute espèce, avaient
ouvert un passage au travers du roc pour
pénétrer de l'autre côté de l'île, ce qui dou-
bla notre domaine et nos richesses. Ils arrangèrent, en même temps, un appartement
pour madame Hirtel, tout près du nôtre, et
dans la même excavation du rocher. Fritz
y mit tous ses soins et sa peine. Des fenêtres
de papier huilé remplaçaient celles de verre ;
d'ailleurs on se réunissait tous les soirs dans
notre chambre de travail, qui était vaste et
très-claire.

François est chargé du soin de nos troupeaux
et de notre basse-cour, qui sont fort aug-

mentés. Moi je préside à la grande agriculture. Les deux mamans, leurs deux filles et
Canda soignent le jardin, font aller le rouet
et le métier à tisser ; entretiennent nos vêtemens et s'occupent du soin du ménage. Ainsi,
tout travaille, tout prospère autour de nous,
et déjà quelques familles d'indigènes de la
grande île, instruites par M. Willis, ont voulu le suivre, et nous nous sommes empressés
de les établir à Waldeck et à Falkenhorst.
Ces braves gens nous aident dans la culture
de nos terres, et notre cher missionnaire
dans celle de notre âme. Rien ne manque
plus à notre bonheur, que le retour de notre
cher Ernest.

POST-SCRIPTUM, DEUX ANS APRÈS.

CET heureux jour est arrivé! il nous est rendu! Selon mes ordres, il avait cherché et trouvé le capitaine Johnson et le lieutenant Bell, venus les premiers dans notre île, d'où la tempête les avait écartés, et qui conservaient le projet et le désir d'y revenir. Mon fils les trouva prêts à partir pour un second voyage dans les mers du sud. Ernest brûlait du désir de revoir son île, sa famille, et de nous amener sa cousine Henriette Bodmer, devenue sa compagne, une aimable, jolie et simple Suisse, qui nous convient à tous, que nous aimions déjà, et qui retrouve avec transport sa bonne tante, devenue à présent sa mère. Ma femme est au comble de la joie,

c'est le premier de ses fils qui lui donne une
fille; mais Jack et François grandissent, ainsi
que Sophie et Mathilde; et de plus, ma bonne
Elisabeth, qui ne voit rien au-dessus d'un
heureux mariage, n'est pas sans espoir d'engager sa chère Emilie à accompagner ses
filles à l'autel, en accordant sa main à notre
fils aîné, qui en sentirait tout le prix, et dont
le caractère un peu rude s'est fort adouci
dans la société de cette charmante femme.
Il est plus jeune qu'elle de quelques années,
mais elle est encore si jolie, et Fritz si sage et
si raisonnable, qu'ils se conviendraient parfaitement. Notre guide spirituel, l'excellent
M. Willis, approuve ce projet d'union, et
nous espérons qu'il bénira un jour ces trois
couples. Ernest habite avec son Henriette la
grotte Ernestine, où ses frères lui ont arrangé un appartement très-commode. Pour
célébrer son retour, ils lui ont même fait le
plaisir d'élever sur le rocher au-dessus de la

grotte une espèce d'observatoire où le télescope est établi, et d'où notre astronome peut
faire ses observations. Mais la passion des
mondes éloignés lui passe un peu depuis
qu'il habite le nôtre avec sa chère Henriette ;
il aime encore mieux la contempler que les
étoiles, surtout depuis qu'elle nous promet
à tous un nouveau sentiment, un bonheur de
plus, encore un être à chérir ! Ma femme en
jouit d'avance, et sera, à coup sûr, la meilleure, la plus tendre, la plus indulgente des
grand'mères.

Je donne au capitaine Johnson la fin de
mon Journal pour la porter en Europe et la
joindre aux premières parties dont il voulut
déjà bien se charger.

Si quelqu'un de nos lecteurs désirait plus
de détails sur notre vie et nos établissemens,
qu'il parte pour l'île Heureuse, il y sera le bien-
venu, et répétera avec nous le doux refrain

d'Ernest, que nous chantons à présent avec un nouveau plaisir.

> Dans ce séjour simple et tranquille
> On jouit des vrais biens du cœur.
> Oh! restons, restons dans notre île,
> Sachons y fixer le bonheur.

FIN DU TOME TROISIÈME ET DERNIER.

TABLE DES MATIÈRES

CONTENUES DANS CE VOLUME.

FIN DE LA TABLE.

NOTICE DES LIVRES DE FONDS

QUI SE TROUVENT

CHEZ ARTHUS BERTRAND,

LIBRAIRE, RUE HAUTEFEUILLE, N° 23, A PARIS.

Il se charge aussi de fournir les Ouvrages par souscription, et de faire les Abonnemens aux Journaux.

On est prié d'affranchir les lettres et les envois d'argent.

OEUVRES DE BUFFON, avec les parties complémentaires données par MM. de Lacépède, Daudin, Denis-Montfort, Latreille, Brisseau-Mirbel et autres; ouvrage formant un cours complet d'histoire naturelle; édition dite de Sonnini, en 127 volumes in-8 ornés de 1150 planches, la plus complète de toutes celles publiées jusqu'à ce jour. Il ne nous reste plus actuellement que 40 exemplaires de cette édition, avec les figures d'ancien tirage.

Conditions de la Souscription.

Chaque livraison est composée de 4 volumes brochés, avec une couverture imprimée, et paraît le 1er et le 15 de chaque mois.

Quinze livraisons sont en vente : le prix de chaque livraison est de   13 fr.

Chaque livraison, figures coloriées.   26 fr.

Les personnes qui s'engageront, par écrit, à prendre l'ouvrage entier, en 4 livraisons, dans l'espace de six mois, à partir du 1er juillet 1824, ne paieront que 95 fr. chaque livraison, qui sera de trente et un volumes. Les trois volumes des tables générales leur seront donnés gratis avec la dernière.

Enfin, ceux qui prendront la totalité de l'ouvrage avant le 1er janvier 1825, ne paieront les 127 vol. que 370 fr. — Le port, par la poste, est de 1 fr. 25 c. le volume.

Toute facilité sera accordée aux personnes qui ne voudraient pas retirer de suite les livraisons parues; elles pourront même ne prendre que deux livraisons par mois.

Nota. L'ancien prix de cet ouvrage était de 635 fr., figures noires.

TABLEAUX DE LA RÉVOLUTION FRANÇAISE, ou Collection de 223 gravures, dont 66 portraits, représentant les événemens principaux qui ont eu lieu en France depuis la transformation des états-généraux en assemblée nationale, le 20 juin 1789; et accompagnés d'un discours historique composé par une société de gens de lettres; 2 vol. in-fol., imprimés sur papier vélin.

Le premier volume contient les états-généraux, l'assemblée constituante, l'assemblée législative; le deuxième se compose de la Convention et du gouvernement directorial; il est terminé par un discours sur les événemens qui ont eu lieu depuis cette dernière époque, jusqu'à la rentrée de S. M. Louis XVIII dans ses États, et par une gravure représentant cet heureux événement.

Les 223 gravures ou portraits in-folio, tirés sur papier vélin, ont été gravés au burin par les premiers artistes de Paris, au nombre desquels on distingue les Choffart, Duplessi-Bertaux, Copia, Coigny, Bovinet, etc.; et le texte, qui est aussi in-folio, est imprimé sur papier vélin superfin d'Annonay, avec de très-beaux caractères.

Il ne reste que 150 exemplaires de cet ouvrage; nous les proposons par souscription.

Conditions de la Souscription.

Pour faciliter l'acquisition de cet ouvrage important, nous le publierons en 15 livraisons.

Chaque livraison sera composée de quinze planches, qui seront accompagnées de leur discours explicatif, composé par une société de gens de lettres.

Le prix de chaque livraison sera de vingt-cinq francs pour Paris, de trente francs pour toute la France, et de trente-cinq francs pour l'étranger.

Les personnes qui s'engageront à prendre l'ouvrage entier, en trois livraisons, avant le 1er janvier 1825, ne paieront que 110 francs chaque livraison, qui contiendra 75 planches suivies de leur texte. Cette livraison de 75 planches contient cinq livraisons de 25 fr. En souscrivant ainsi on jouit d'une bonification de 45 fr. sur l'ouvrage complet. On ajoutera 25 fr. par livraison pour les recevoir par la poste, et le double pour l'étranger.

Enfin, les personnes qui prendront la totalité de l'ouvrage dans l'espace de six mois, à partir du 1er janvier 1825, ne paieront les deux volumes, bien cartonnés à la Bradel, que 300 fr. au lieu de 400. Le port des deux volumes, par roulage ou diligence, sera à la charge de l'acquéreur.

Les six premières livraisons sont en vente, et les autres seront publiées de mois en mois.

Les souscripteurs recevront, par l'ordre de leur numéro d'inscription, les premières épreuves tirées des tableaux et des portraits.

COLLECTION DE MACHINES, INSTRUMENS, USTENSILES, CONSTRUCTIONS, APPAREILS, etc. employés dans l'économie rurale, domestique et industrielle; 2 vol. in-4, imprimés à deux colonnes sur grand-raisin vélin, accompagnés de 200 planches sur papier vélin représentant environ 1200 sujets très-bien lithographiés, d'après les dessins originaux faits dans diverses parties de l'Europe par M. le comte de Lasteyrie. 2e édition, revue, corrigée, augmentée, et tirée seulement à cinq cents exemplaires.

Conditions de la Souscription.

Pour faciliter l'acquisition de cet ouvrage, indispensable à tout propriétaire ou agriculteur, nous le publions en vingt livraisons de dix planches chaque, accompagnées de leur texte explicatif.

La douzième livraison a été mise en vente le 1er juillet 1824, et les autres seront publiées de mois en mois.

Le prix de chaque livraison est pour Paris de 4 fr., et pour les départemens de 4 fr. 50 cent.

Nota. Les souscripteurs qui voudront payer d'avance la totalité de l'ouvrage auront droit à une remise de 10 fr.; cet avantage ne sera plus accordé après la publication de la quinzième livraison.

Ainsi le souscripteur qui enverra directement à l'éditeur 80 fr., francs de port, soit en un mandat sur Paris, soit en une reconnaissance sur la poste, recevra *franco* les vingt livraisons.

La totalité des dessins étant terminée, on ne doit pas craindre que l'ouvrage éprouve le moindre retard.

Œuvres de madame la baronne de Montolieu.

LA COLLECTION DES ŒUVRES DE MADAME DE MONTOLIEU formera environ quarante volumes in-12, grande justification, de 300 pages environ, ornée du portrait de l'auteur, et d'une figure au moins, en taille-douce, placée en tête de chaque volume. Cette édition sera imprimée avec soin, sur beau papier, et distribuée par livraisons de deux, de trois, ou de quatre volumes.

La onzième livraison a paru le 1er juin 1824; elle complète le vingt-neuvième volume.

Les livraisons se succéderont rapidement, et nous y ferons entrer les ouvrages nouveaux que madame de Montolieu publiera.

La première est composée du ROBINSON SUISSE, 3 vol. in-12; fig. et carte. 9 fr.

LA SUITE ET LA FIN DU ROBINSON SUISSE, 3 vol. in-12, figures, paraîtra en septembre prochain. 9 fr.

La deuxième, de SAINT-CLAIR-DES-ÎLES, ou les Exilés à l'île de Barra, 3 vol. in-12; figures. 9 fr.

La troisième, des TABLEAUX DE FAMILLE, traduits d'Auguste Lafontaine; 1 vol. in-12 au lieu de 2; figures. 3 fr.

Et de la PRINCESSE DE WOLFENBUTTEL, traduit de l'allemand; 1 vol. in-12 au lieu de 2; figure. 3 fr,

La quatrième, de CAROLINE DE LICHTFIELD; 2 vol. au lieu de 3 avec figures et musique. 6 fr.

Et de CORISANDRE DE BEAUVILLIERS; 1 vol.; figure. 3 fr.

La cinquième, d'UN AN ET UN JOUR; 2 vol.; figures. 6 fr.

Et de LUDOVICO, ou le Fils d'un homme de génie; 1 vol. au lieu de 2; figure. 3 fr.

La sixième, de LA FAMILLE ELLIOT, ou l'ancienne Inclination, traduit de l'anglais; 2 vol.; figures. 6 fr·

La septième, d'ONDINE, conte, suivi de VINGT ET UN ANS, ou le Prisonnier, trad. de l'all.; 1 vol. in-12, fig. 3 fr.

La huitième, des NOUVEAUX TABLEAUX DE FAMILLE, trad. d'Aug. LAFONTAINE; 3 vol. in-12, fig. 9 fr.

La neuvième, d'OLIVIER, trad. de l'all.; 1 vol. in-12 au lieu de 2; figure. 3 fr.

La dixième, de DUDLEY ET CLAUDY, ou L'ÎLE DE TÉNÉRIFFE, traduit de l'anglais de Mme OKEEFFE; 5 vol. in-12 au lieu de 6; fig. 15 fr.

La onzième, des CHÂTEAUX SUISSES, augmentés de deux nouveaux Châteaux; 3 vol. in-12, fig. 9 fr.

Le prospectus se distribue.

Pour les autres ouvrages de Mad. de Montolieu, dont il reste encore un petit nombre d'exemplaires, voyez mon catalogue général.

OEuvres de M. de Lantier.

VOYAGES D'ANTENOR EN GRÈCE ET EN ASIE, avec des notions sur l'Egypte ; manuscrit grec trouvé à Herculanum, traduit par M. de Lantier ; seizième édition ; 6 vol. in-18, ornés d'une carte et de 6 jolies figures d'après les nouveaux dessins de M. Chasselat ; 1824. 7 fr. 50 c.

LE MÊME OUVRAGE, imprimé sur grand-raisin fin. 12 fr.
On a tiré un petit nombre d'exemplaires sur grand-raisin vélin, fig. avant et avec la lettre. 24 fr.

LE MÊME, en 3 vol. in-8, avec de belles fig., dessins de M. Chasselat, quinzième édition. 18 fr.

LE MÊME, papier vélin, figures avant la lettre. 36 fr.

LES VOYAGEURS EN SUISSE, 3 vol. in-8, avec portrait ; deuxième édition. 18 fr.

LE VOYAGE EN ESPAGNE du chevalier Saint-Gervais, officier français, et les événemens de son voyage ; 2 vol. in-8, fig., 2e édition. 12 fr.

CONTES en vers et en prose, 3 vol. in-8, fig. 11 fr.
Nota. Le tome troisième se vend séparément, 3 fr.

CORRESPONDANCE DE SUZETTE-CÉSARINE D'ARLY, 2 vol. in-8. 10 fr.

LA MÊME, 3 vol. in-12. 7 fr. 50 c.

JOURNAUX.

BIBLIOTHÈQUE PHYSICO-ÉCONOMIQUE, instructive et amusante, des villes et des campagnes, ou Recueil périodique de tout ce que l'agriculture, les sciences et les arts qui s'y rapportent offrent de plus intéressant ; par une société de savans et de propriétaires fonciers, et rédigée par M. Thiébaut de Berneaud, membre de plusieurs sociétés savantes et d'agriculture, et auteur de divers ouvrages sur l'agriculture et l'économie rurale, etc.

La Bibliothèque physico-économique paraît exactement tous les 5 de chaque mois. A la fin de l'année les douze cahiers forment deux volumes ornés de planches. Chaque volume contient une table systématique des matières qui y sont contenues.

A dater de 1817, le prix de l'abonnement est de 12 fr. pour l'année, franc de port par la poste.

Chaque année se vend séparément.

L'ancienne collection de cet ouvrage, par M. Parmentier, forme 24 volumes ou 16 années, à partir de 1782 à 1797. Prix, *franc de port*, 84 f.
Chaque volume se vend 3 fr. 50 c.

Les *treize années et demie*, à partir de 1802 jusqu'à 1816, publiées par MM. Sonnini et Denis Montfort, faisant suite aux 24 vol. ci-dessus, forment 28 vol. in-12, avec 165 planches gravées en taille-douce Prix des treize années et demie, *franc de port*, 138 fr.
Chaque année se vend séparément 10 fr.

La lettre d'avis et l'argent doivent être *affranchis*, et adressés à M. ARTHUS BERTRAND, libraire, rue Hautefeuille, n° 23, à Paris.

REVUE ENCYCLOPÉDIQUE, ou Analyse raisonnée des productions les plus remarquables dans la littérature, les sciences et les arts; par une réunion de savans, de littérateurs et d'artistes français et étrangers.

A Paris,   46 fr. pour un an, 26 fr. pour six mois.
Dans les départemens,   53   30
Dans l'étranger,   60   34

Depuis le 1er janvier 1819, il paraît de ce journal un cahier de douze feuilles d'impression, ou 200 pages in-8, avec une table raisonnée des matières tous les trois mois.

Je fais aussi les abonnemens aux journaux suivans, et dont j'ai un dépôt.

JOURNAL DES VOYAGES, DÉCOUVERTES ET NAVIGATIONS MODERNES, ou Archives géographiques du dix-neuvième siecle, etc., etc., rédigé par M. Verneur.

NOUVELLES ANNALES DES VOYAGES; par Malte-Brun et Eyriès.

BIBLIOTHÈQUE UNIVERSELLE DES SCIENCES, DES LETTRES ET DES ARTS, faisant suite à la Bibliothèque Botanique.

CORRESPONDANCE ASTRONOMIQUE DU BARON ZACH.

Ces deux journaux se publient en pays étrangers; le premier s'imprime à Genève, le deuxième à Gênes.

BULLETIN UNIVERSEL DES SCIENCES ET DE L'INDUSTRIE, publié sous la direction de M. le baron de Ferrussac.

Sous presse, pour paraître en Août et Septembre 1824.

VOYAGE DE DÉCOUVERTES AUX TERRES AUSTRALES, fait par ordre du gouvernement, sur les corvettes le Géographe, le Naturaliste, et la goëlette le Casuarina, pendant les années 1800, 1801, 1802, 1803 et 1804; rédigé par Péron, et continué par M. Louis de Freycinet; seconde édition, revue, corrigée et augmentée par M. Louis de Freycinet; 4 volumes in-8°, avec un superbe atlas grand in-4° de soixante-huit planches noires ou coloriées, dessinées et gravées par les meilleurs artistes. (Le Prospectus se distribue.)
Vingt-cinq de ces planches sont publiées pour la première fois.
La première livraison contenant texte tome 1er et un atlas de 18 pl. paraît. Prix.   18 fr.
Les 25 planches inédites se vendent séparément.   18 fr.

VOYAGE DANS LA RÉPUBLIQUE DE COLOMBIA; par M. Mollien, auteur du Voyage dans l'intérieur de l'Afrique, etc., etc.; 2 vol. in-8, accompagnés de la carte de Colombia, et ornés de vues et de divers costumes. Prix.   14 fr.
Figures coloriées.   16 fr.

VOYAGE EN ANGLETERRE, EN ECOSSE, EN IRLANDE ET RUSSIE, par M. Edouard de Montulé, auteur du Voyage en Amérique, en Italie et en Egypte; 2 volumes in-8, avec un atlas in-folio, de 30 planches.

APPLICATION AU CODE CIVIL DES INSTITUTES DE JUSTINIEN ET DES 50 LIVRES DU DIGESTE, avec la traduction en regard, par M. Biret, auteur de divers ouvrages sur la jurisprudence, etc.; 2 volumes in-8. (Le Prospectus se distribue.)

MANUEL DES ARBITRES, ou traité complet de l'arbitrage, tant en matière de commerce qu'en matière civile, contenant les principes, les lois nouvelles, et toutes les formules qui concernent l'arbitrage, par P. B. Boucher. 2ᵉ édition revue et considérablement augmentée, par l'auteur du Manuel des Experts.

Cette seconde édition sera une refonte entière de ce Manuel, et le succès du Manuel des Experts, qui est déjà à sa quatrième édition, fait présager que l'auteur qui y travaille le rendra digne de son Manuel des Experts.

ÉLOGE HISTORIQUE ET RELIGIEUX DE PIE VI ET DE PIE VII, précédé d'un Discours préliminaire sur les papes qui ont régné pendant le dix-huitième siècle, accompagné de notes sur l'histoire et le gouvernement de Rome, et suivi de pièces officielles; par M. Charles du Rozoir, auteur de l'ouvrage intitulé *Le Dauphin, père de Louis XVI et de Louis XVIII*; 1 vol. in-8, orné des portraits très-bien lithographiés de Pie VI et de Pie VII. 1824.   6 fr.
Il a été tiré un petit nombre d'exemplaires sur beau pap. vél.   12 fr.

LA SUITE ET LA FIN DU ROBINSON SUISSE, par Mᵐᵉ la baronne Isabelle de Montolieu, 3 vol. in-12, fig. Prix.   9 fr.

LES AVENTURES DE FAUST, et sa descente aux enfers; par MM. de Saur et de Saint-Geniès. 3 vol. in-12.   9 fr.

LE TROUBADOUR EN DÉMENCE, ou les Folies amoureuses, romanesques et merveilleuses de Gaspard Langoroso, orphelin de la Michaille; par Hugues Millot. 4 vol. in-12, avec 4 gravures. 12 fr.

OUVRAGES NOUVEAUX.

HISTOIRE DE L'ÉGYPTE sous le gouvernement de Mohammed-Aly-Pacha, ou Récit des événemens politiques et militaires qui ont eu lieu depuis le départ des Français jusqu'en 1823; par M. Félix Mengin; ouvrage enrichi de notes par MM. Langlès et Jomard, et précédé d'une introduction historique par M. Agoub. 2 vol. in-8, imprimés sur beau papier, ornés du portrait du vice-roi d'Egypte, et accompagnés d'un atlas très-bien lithographié.
Le prix est de 22 fr. avec l'atlas en noir; de 27 fr. avec l'atlas, dont 6 planches coloriées: celle du pays de *Nedjd* est gravée en taille-douce. Le prix du papier vélin superfin, avec les planches coloriées et celles en noir, imprimées sur papier de Chine,   45 fr.
Il faudra ajouter 5 fr. pour recevoir l'ouvrage par la poste.

VOYAGE AU BRÉSIL, par le prince Maximilien Wied-Neuwied, en 1815, 1816 et 1817; traduit par M. Eyriès; 3 vol. in-8, avec un atlas in-fol. composé de 41 grandes figures gravées en taille-douce, et de trois belles cartes.   90 fr.
Le même, pap. vélin, dont il n'a été tiré que 12 exemplaires.   150 fr.

LE MÊME OUVRAGE, sans l'atlas, mais avec les trois cartes coloriées.   21 fr.

HISTOIRE COMPLÈTE DES DÉCOUVERTES ET VOYAGES faits en Afrique depuis les siècles les plus reculés jusqu'à nos jours, accompagnée d'un précis géographique sur ce continent et les îles qui l'environnent, de notices étendues sur l'état physique, moral et politique des peuples qui l'habitent, et d'un tableau de son histoire naturelle; par le docteur Leyden et Murray; trad. de l'ang. par M. Cuvillier; 4 vol. in-8, avec un atlas in-4° de cartes géographiques. 30 fr.

RECHERCHES GÉOGRAPHIQUES sur l'intérieur de l'Afrique septentrionale, comprenant l'histoire des Voyages entrepris ou exécutés jusqu'à ce jour pour pénétrer dans l'intérieur du Soudan, l'exposition des systèmes géographiques formés sur cette contrée, l'analyse des divers itinéraires arabes pour déterminer la position de Timbouctou, et l'examen des connaissances des anciens sur l'Afrique; suivies d'un appendice traduit par M. le baron Sylvestre de Sacy et M. Delaporte; par M. Walcknaer, de l'Institut. 1 fort vol. in-8, avec une grande carte. Imprimerie de Firmin Didot. 9 fr.

VOYAGE DANS L'INTÉRIEUR DE L'AFRIQUE, aux sources du Sénégal et de la Gambie, fait par ordre du Gouvernement français, par M. Mollien, auteur du Voyage dans la République de Colombia; 2e édit., revue et augmentée. 2 vol. in-8, carte et gravures. 12 fr.

CAMPAGNE DE 1789, EN ALLEMAGNE ET EN SUISSE, traduite par un officier autrichien; 2 vol. in-8, et un atlas in-folio composé de cartes et plans enluminés. Vienne, 1820. 52 fr.

Nota. Cette traduction française est faite avec le consentement et sous les yeux de l'illustre auteur (le prince Charles).

LES COURS DU NORD, ou Mémoires originaux sur les Souverains de la Suède et du Danemarck, depuis 1766; traduits de l'anglais de John Brown, par J. Cohen. On a joint à ces mémoires l'Histoire de la révolution de Suède de 1772, la relation de la déposition de Gustave IV Adolphe, écrite par lui-même, pièce inédite; 3 vol. in-8, ornés des vues de Copenhague, de Stockholm, et de 7 portraits. 21 fr.

HISTOIRE DE JEANNE D'ARC, surnommée pendant sa vie la Pucelle, et après sa mort la Pucelle d'Orléans; tirée de ses propres déclarations consignées dans les grosses authentiques des procès-verbaux des interrogatoires qu'elle subit à Rouen; par M. Lebrun de Charmettes; 4 forts volumes in-8, avec sept jolies figures et le portrait de Jeanne d'Arc. 25 fr.

VIE DE JACQUES II, ROI D'ANGLETERRE, tirée des écrits de sa propre main; ouvrage publié par ordre du prince régent, par J.-S. Clarke, docteur ès-lois, traduit de l'anglais par M. Cohen; 4 vol. in-8, ornés d'un joli portrait. 24 fr.

MÉMOIRES HISTORIQUES du cardinal de Retz, de Guy-Joly, et de la duchesse de Nemours, contenant ce qui s'est passé de remarquable en France pendant les premières années du règne de Louis XIV; 6 vol. in-8. dern. édit. port. 1820. 36 fr.

MÉMOIRES DU CAPITAINE LANDOLPHE, contenant l'histoire de ses voyages aux côtes d'Afrique et aux deux Amériques; 2 v. in-3, figures. 12 fr.

VOYAGE EN ALLEMAGNE, dans le Tyrol et en Italie, pendant les années 1804, 1805 et 1806; par mad. de La Recke, née comtesse de Méden, etc.; traduit de l'allemand par mad. la baronne de Montolieu; 4 vol. in-8. 20 fr.

TABLEAU CHRONOMÉTRIQUE des époques principales de l'histoire, indiquant l'origine, les progrès, la durée et la chute des empires; par F. Goffaux, professeur émérite du collége Louis-le-Grand; quatrième édit.; 1 vol. in-12, avec un tableau colorié. 1823. 2 fr. 50 c.

LE MÊME OUVRAGE, in-8, avec le tableau sur une feuille grand-aigle, colorié.   6 fr.

ESSAI SUR L'HISTOIRE DE LA NATURE; ouvrage dédié au Roi, par MM. Gavoty et Toulouzan; 3 forts vol. in-8.   20 fr.

BIBLIOTHÈQUE (NOUVELLE) D'UN HOMME DE GOUT, contenant les jugemens tirés des journaux les plus connus et des critiques les plus estimés sur les meilleurs ouvrages qui ont paru dans tous les genres, tant en France qu'à l'étranger; par M. *Barbier*, bibliothécaire du Roi; 5 vol. in-8, papier fin.   25 fr.

VINGT-QUATRE HEURES D'UNE FEMME SENSIBLE, ou Une grande leçon; par Mme la princesse de Salm; in-8. fig.   4 fr. 5o c.

DE L'EMPLOI DU TEMPS, par Mme la comtesse de Genlis; 1 vol. in-8, avec une jolie fig. 1824.   6 fr.

LE MÊME, in-12, fig.   3 fr.

LES PRISONNIERS; par Mme la comtesse de Genlis; dédié à M. de Châteaubriand; 1 vol. in-8, fig., 1824.   6 fr.

LE MÊME, in-12, fig.   3 fr.

DUDLEY ET CLAUDY, ou l'Ile de Ténériffe, traduit de l'anglais de mad. Okeeffe, par mad. de Montolieu; 6 forts v. in-12, fig.1824. 18 fr.

LES CHEVALIERS DE LA CUILLÈRE, suivis du Château des Clées et de Lisély; anecdotes suisses par Mme de Montolieu; in-12, fig. 3 fr.

OLIVIER, traduction libre de l'allemand d'après Mme Caroline Pichler, née Greiner; par Mme la Bne de Montolieu; 2 v. in-12, fig.   5 fr.

RHODA, ou l'École des Vieux Garçons, dédié à madame la baronne de Montolieu; 5 vol. in-12, fig.   15 fr.

MÉTAMORPHOSES (LES) D'OVIDE; 4 vol. in-8 ou in-4, composés de 24 livraisons, avec 140 gravures.

L'in-8, papier raisin, tiré à 500 exemplaires. . . . . . . 192 fr.
Même format, papier vélin, à 15o. 384
L'in-4, papier fort, à 100. 384
Idem, figures avant la lettre, à 16. . . . . 48o
Idem, raisin vélin, figures avec la lettre, à 107. 672
Idem, nom-jésus vélin, figures avant la lettre, à 100. . . 768
Idem, avec les épreuves à l'eau-forte, à 25. . . . . . 96o
Le quatrième volume contient une table des matières.

UNE COLLECTION DE VOYAGES DANS LES QUATRE PARTIES DU MONDE, comprenant 8o vol. in-8, avec des atlas, des cartes, et une grande quantité de figures; prix   5oo fr.

Nota. Le détail de ces voyages se trouve dans le Catalogue complet.

———————

Le même Libraire est éditeur-propriétaire des OEuvres de MM. Lantier, Mollevaut, Lacroix, Biret, Goffaux, mad. de Montolieu, etc., etc.

———————

Mon Catalogue général et les Prospectus de mes nouveautés se distribuent à ma librairie.

PARIS, IMPRIMERIE DE LEBEL, IMPRIMEUR DU ROI, RUE D'ERFURTH, N° 1.

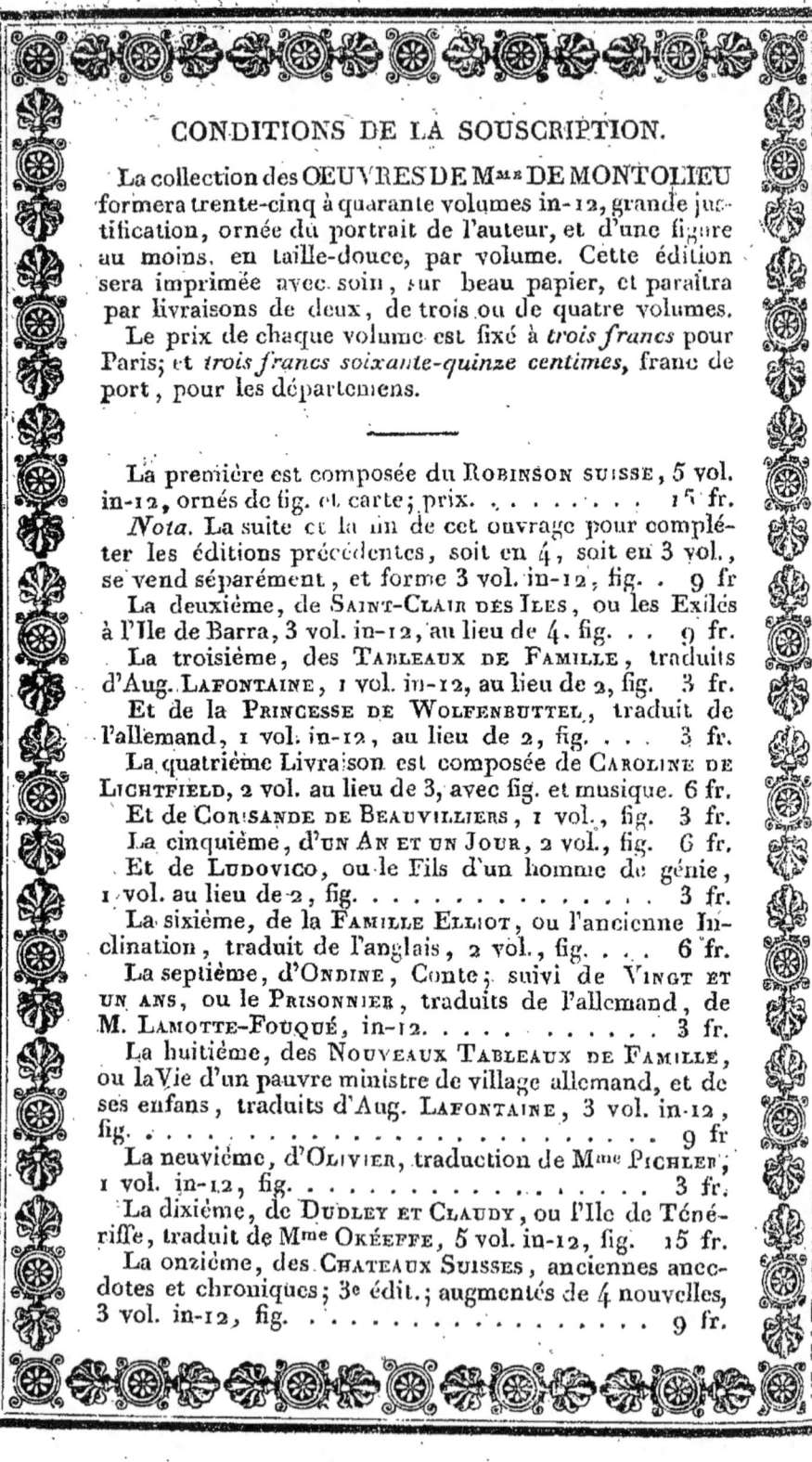

CONDITIONS DE LA SOUSCRIPTION.

La collection des OEUVRES DE Mme DE MONTOLIEU formera trente-cinq à quarante volumes in-12, grande justification, ornée du portrait de l'auteur, et d'une figure au moins, en taille-douce, par volume. Cette édition sera imprimée avec soin, sur beau papier, et paraîtra par livraisons de deux, de trois ou de quatre volumes.

Le prix de chaque volume est fixé à *trois francs* pour Paris; et *trois francs soixante-quinze centimes*, franc de port, pour les départemens.

La première est composée du ROBINSON SUISSE, 5 vol. in-12, ornés de fig. et carte; prix. . . . . 15 fr.

Nota. La suite et la fin de cet ouvrage pour compléter les éditions précédentes, soit en 4, soit en 3 vol., se vend séparément, et forme 3 vol. in-12, fig. . 9 fr.

La deuxième, de SAINT-CLAIR DES ILES, ou les Exilés à l'Ile de Barra, 3 vol. in-12, au lieu de 4. fig. . . 9 fr.

La troisième, des TABLEAUX DE FAMILLE, traduits d'Aug. LAFONTAINE, 1 vol. in-12, au lieu de 2, fig. 3 fr.

Et de la PRINCESSE DE WOLFENBUTTEL, traduit de l'allemand, 1 vol. in-12, au lieu de 2, fig. . . . 3 fr.

La quatrième Livraison est composée de CAROLINE DE LICHTFIELD, 2 vol. au lieu de 3, avec fig. et musique. 6 fr.

Et de CORISANDE DE BEAUVILLIERS, 1 vol., fig. 3 fr.

La cinquième, d'UN AN ET UN JOUR, 2 vol., fig. 6 fr.

Et de LUDOVICO, ou le Fils d'un homme de génie, 1 vol. au lieu de 2, fig. . . . . 3 fr.

La sixième, de la FAMILLE ELLIOT, ou l'ancienne Inclination, traduit de l'anglais, 2 vol., fig. . . . 6 fr.

La septième, d'ONDINE, Conte; suivi de VINGT ET UN ANS, ou le PRISONNIER, traduits de l'allemand, de M. LAMOTTE-FOUQUÉ, in-12. . . . . 3 fr.

La huitième, des NOUVEAUX TABLEAUX DE FAMILLE, ou la Vie d'un pauvre ministre de village allemand, et de ses enfans, traduits d'Aug. LAFONTAINE, 3 vol. in-12, fig. . . . . 9 fr.

La neuvième, d'OLIVIER, traduction de Mme PICHLER, 1 vol. in-12, fig. . . . . 3 fr.

La dixième, de DUDLEY ET CLAUDY, ou l'Ile de Ténériffe, traduit de Mme OKÉEFFE, 5 vol. in-12, fig. 15 fr.

La onzième, des CHATEAUX SUISSES, anciennes anecdotes et chroniques; 3e édit.; augmentés de 4 nouvelles, 3 vol. in-12, fig. . . . . 9 fr.

www.ingramcontent.com/pod-product-compliance
Lightning Source LLC
Chambersburg PA
CBHW051832020726
47502CB00005B/1754